文學新象 285

人獸

吳震——著

Monster Hunt

高寶書版集團

推薦好評

（按姓名筆劃排序）

「《人獸》筆觸簡潔、冷冽，勾勒出深沉的情愛及悲傷，那是由家人帶來的親密與痛楚，那是人獸之間的模糊地帶。」

——既晴．犯罪作家

「樹若在森林裡倒下，但沒人聽到，那它是否真有聲響？吳震以層層嵌套的奇遇，帶領我們思索對生命的敬與畏！」

——張道平．世新廣電系助理教授

「社會派推理小說過往是日本專有名詞，除了黑霧挖掘、田調情搜的創作難度之外，還需將故事寫得有趣吸睛是相當艱困的任務。

台灣的傑出作家們在近年《第四名被害者》與《跛鶴的羽翼》立下里程碑後，吳震轉換視角以犯罪小說的特殊體裁，在本土社會派領域留下了不可抹滅的重要足跡。《人獸》敘事成熟流暢，針對特定議題、相關法規疏漏進行的尖銳詰問，以及其中真摯情感的刻劃，深深打動了我——謝謝他喚醒了沉睡或裝睡的我們。」

——喬齊安．台灣犯罪作家聯會成員／百萬部落客

獻給爽子、

受困的生命、為此奮鬥的人。

第一部

序幕

家人們聚在一塊，大人小孩圍著爐，悉悉簌簌的歡鬧聲飄出各家的門縫。春節連假，每扇窗都晃著暖暖的光。

夜裡，馬路上杳無人煙，偶爾幾盞車燈在暗中呼嘯而過。

嚴冬初二剛過，凌晨三點半。

「咬下去！咬下去！」

四顆骰子在大碗公裡翻騰，一群中年男子圍著大圓桌亂喊，每隻手輪流擲著。總共四顆骰子，如有兩顆數字相同，剩下的兩顆加總比大小。對於這群沒有妻小（或是假裝沒有）的男人來說，每個年夜在路邊輪流做莊是一項例行公事。

然後是最安靜的時刻，骰子就要停下來的那一刻。

兩顆六，一顆二，一顆一。

「逼機！」

「拎娘雞掰勒！」

他們哄堂大笑，李權哲叼著菸，不甘願地分發著手中的鈔票。

「再一輪。」

「麥啦長官，再輸就要抵證件了啦！」

「靠北啊。」

男人們笑著。地上放著兩三罐威士忌，圓桌上除了錢以外，就是滿滿的菸蒂、裝著檳榔渣的塑膠杯、啤酒罐。李權哲再抽出一把鈔票，把錢包扔在桌上。裡頭的刑警證大剌剌地攤著。

「再一輪！」他不服氣地把那疊鈔票用力拍上桌，男人們只能無奈跟注。

此時桌上的手機震動了起來。

「你看！七仔在叫了啦！」

「幹。」

李權哲在吵雜之中接起電話。

「大欸，有空嗎？」

手機對面傳來現任隊長林超的聲音。林超曾是李權哲的副手，在李權哲被撤下隊長的職務後接替他的位置。

「忙啦。安怎？」

「大欸，你有在你家附近嗎？烏山那邊有人報案。」

「拎娘，年才過幾天？」

「你喝很多？派出所那邊講得很嚴重，現場離你家比較近啦！十分鐘就會到！」

「靠夭啊，你又在幹妹仔是不是？」

「沒啦，初二餒！我人在娘家，現在走老婆會爆炸啦！拍謝啦大欸，就這擺啦！」

「這擺？我還雞掰勒，幹。欠我一頓。」

李權哲掛掉電話，收拾桌上的鈔票。

李權哲從隊長被撤換下來後已經過了兩年，今年剛過五十歲的他依然受到局裡的同事們敬重。從警二十幾年，他領頭偵破無數指標性的刑案，升官的速度也是台中刑警大隊之中最快。不管在大隊裡或街頭上，李權哲曾經是正義的代名詞——然而這兩年來，他天天只是酗酒、賭博。

現在的他，只負責夜間查訪聲色場所的勤務。

霧氣瀰漫整座荒田。

黑色大衣被冷冽的風吹著，周奕璇逆風前行。她綁起被吹亂的捲髮，健康的小麥膚色，立體的鼻梁連著端正的眉峰。她臉上的古典美與這裡顯得格格不入。

「周檢，刑大隊長晚點會到。」

「好。」

周奕璇帶隊視察著。她環顧四周，抬頭望向天空，幾顆星遙遙閃熠。這一帶是低海拔的臺地，人煙稀少。夜景、兩大墓區、火力發電廠是她對烏山僅有的印象。

寂靜。

她得不到任何資訊。

夜色灰暗，警隊打了幾盞燈。幾個警員拉起封鎖線圍住整座荒田，風中飄著枯乾的稻草，現場沒人敢接近位在田中央的窟窿。一位警員跪在田邊，朝排水渠乾嘔著。

周奕璇與法醫蹲在窟窿旁，一段時間都沒人說話。

「周檢，我看年是不用過了。」法醫嚴肅地說。

「嗯。」

周奕璇盯著那窟窿，嚥了口水。

一輛計程車停在山路邊，臨停燈閃得封鎖線一明一滅。男子下了車，胸前沾滿污漬的白背心外搭一件油黑皮夾克，灰白凌亂的長髮垂在下顎，一條疤從左眼直劃下顴骨，滿臉雜亂的鬍渣。不知道的話，還會以為是兇手返回現場。

現場工作人員都望著他，這名已經不知道多久沒跑現場的刑警。每個人都露出詫異的神情。

但李權哲習慣這種目光了。

他跨越封鎖線，醉意讓他步伐蹣跚。他緩慢從土壤裡拔起鞋底，一步一步踩過荒田，走向人群聚集之處。

「小鬼，吐啦？要不要換個工作？」他揶揄著排水渠旁的派出所員警。

而當李權哲視線一轉，駭人的場面迫使他停下腳步。

他的臉先是抽動了一下，生理反射機制欲使他撇開頭來，但他更是用力地將視線定在屍體上。他分不清是這個本能讓他成為刑警，還是做了這行才有了這個能力。

他盯著屍體，感覺酒已經醒了一半。

「哲哥。」法醫緩緩站起身來，看向李權哲。

「死亡時間不到二十四小時。手臂的部分是死後截肢的。」

「那是什麼?」李權哲問。

「項圈。」

「項圈?」

「遛狗用的?」

「對,跟狗戴的一樣。」法醫說。

「眼睛呢?」

「被弄瞎的,初步判定不是鈍器造成。但還不確定。」法醫說。

周奕璇與李權哲沉默著。

「胸口被開膛,但又被縫起來了,很詭異。剩下看不出來的,等屍體回解剖室,下午處理好再跟你們報告。」

「辛苦了。」周奕璇說。

法醫提著箱子離開,幾個鑑識人員在現場紀錄著。

全裸,女性,白色糊爛的雙眼已經失明。向後仰的頭上嘴巴張著,像是在慘叫的瞬間。頭髮被全部剃光,骨瘦如柴,膚質乾癟,左臉覆蓋著爛疤。從臉到腳全身多處灼傷、脫皮潰爛,胸口一道長長的縫合傷痕。腳踝上的金屬銬環並聯,頭部戴著一條「項圈」。兩隻被鋸斷的手臂用棉繩繞緊,整齊地放在屍體上。

瘋子。

周奕璇想像著造成這些傷口的過程,她開始感到反胃,鼻翼漸漸皺了起來。她的眉頭深深鎖緊，一股怒氣被她捏在拳裡，然後她聞到陣陣濃烈的酒味撲鼻而來。

「你們家刑警都喝酒辦案的啊？」

她大概是現場唯一不認得李權哲的人。鑑識組們沒人敢抬頭，繼續執行著任務。李權哲瞥了她一眼，不以為然地拉起身旁的一名鑑識人員。

「檢察官呢？這種的檢仔要過來吧？」

「大欸……」鑑識人員湊到李權哲耳邊，並壓低嗓子。

「檢察官……在你旁邊……」

李權哲抿起嘴，低下頭來。

剛才還以為她是鑑識組的新人，以檢察官來說她也太年輕了。目測三十左右，還是三十以下？他曾在局裡聽到風聲，說台中來了個很年輕的檢察官，在台南搞過大案子，姓周。沒想到是個女的。他的餘光察覺周奕璇正瞪著自己。

「性虐待嗎？」李權哲轉移話題，在屍體旁蹲了下來。

「怎麼說？」周奕璇問。

李權哲再看一眼。

屍體年齡看起來不大，赤裸的胸部和下體，麻繩、銬環、脖子上的「項圈」。

「我只是說可能——」

「女屍體就是性虐待？沙文主義辦案？」

周奕璇心中也知道很可能是性虐待，但李權哲身上的酒味陣陣襲來，加上她已經受夠調來台中以來周遭的異樣眼光，李權哲剛剛的態度讓她不吐不快。

「不像隨機的。」李權哲沒理會周奕璇，盯著屍體自顧自地說。

「你常辨隨機的是不是？」

「我覺得不是。隨機的不會長這樣。」

李權哲跟鑑識員拿過手套，他抬起屍首的下巴與白色糊爛的瞎眼貼近對視，幾乎快碰到鼻頭，幾個鑑識人員看了覺得噁心，紛紛偏過頭去。周奕璇則是努力集中視線。

「這個有針對性，而且非常……」

「非常？」周奕璇問。

縝密？還是投入？李權哲想不到該是什麼形容詞。

忽然，一股焦慮的麻痺感瞬間流竄全身。

「找到我！」

一句叫喊衝上腦門，然後他開始耳鳴。

李權哲像觸電般放開屍首，他站起身退開。他曾憑直覺偵破許多兇案，但從來沒有這種感覺。他不確定自己剛剛是不是聽見聲音了，感覺有個什麼在呼喚著他。

「身上的灼傷像是香菸燙的。全身應該驗不到指紋。」他說。

「你怎麼知道？」周奕璇問。

「經驗。」

李權哲隨意敷衍了她，不願報告其他莫名其妙的預感。

鑑識人員都站起身來，周奕璇揮了揮手，請他們將屍體打包帶回。她目不轉睛地盯著女屍被裝進屍袋，感覺到後頸的寒毛直豎。她忍不住閉上雙眼，眼瞼裡的黑暗卻更讓她感到一陣戰慄。

李權哲注意到她正努力鎮定的神情。

「周檢。」

「周檢？」

周奕璇回神。

「妳會負責這件？」

「對。」她深呼吸，然後看向李權哲，只見他從菸盒裡緩緩叼出一支菸。

「凶殺案辦過嗎？」

「這種的，沒有。」周奕璇顫巍巍地說，試著穩住自己的嗓子。

白煙徐徐從李權哲的鼻翼釋放出來，加上四周的霧氣，周奕璇看不清他被亂髮遮擋的側臉，只見他轉身準備離去。

「你應該去問一下，」周奕璇喊住他，然後從旁擦身而過，闊步朝著山路邊走去。

「去問一下，上任三年內我抓了多少人。」

破曉時分，大霧漸漸散去，黎明的光線喚醒大地。李權哲回過身來，他望向荒田邊的山崖外，整座灰鬱的城海披上一層淡金遼闊的薄紗。

警隊收拾著現場，附近早起爬山的老人們交頭接耳，好奇地站在封鎖線外圍觀。周奕璇發動她的黑色台崎重機，沉渾的引擎聲吸引了眾人的目光。她朝山崖那李權哲的背影遙遙望了一眼，然後闔上面罩，駛離。

1

隨便沖了澡，李權哲打開局裡的更衣櫃，裏頭只掛著一件深藍色襯衫，大概是前年留的。他將更衣櫃的門再向外推開一些，讓鏡子照得到自己。他脫下身上沾染酒漬的破背心，丟進垃圾桶，接著拿出櫃子裡那件襯衫，側過身子慢慢把手伸過袖口。

他看著鏡裡慘淡的映影。

腹部的右側散亂著深淺不一的暗紅坑疤，是入隊第二年留的，CAM870霞彈槍。左側肋骨上的瘡孔，是剛升隊長那年，遇到九毫米口徑的改造貝瑞塔。他記得當下身體組織快被扯出來的那種灼熱，像是放了把火在裡面燒，寧願自己昏過去。

但現在這些對他來說不算什麼了，都只是皮肉傷，也不再是茶餘飯後會端出來的戰功彪炳。他知道這些傷口能帶來的榮譽，都只是一時的；痛也是。

他逐一扣起襯衫，一縷灰髮散落在顴骨上的疤，他望著自己的灰黑色眼眸。

李權哲記不起上一次修剪頭髮的日子、上一次在局裡沖澡、上一次偵訊。在那一切之後，又過了多久？

他看著鏡子發愣。

「還看，醜得要命。看要再娶一次是不是？」一位男人將更衣櫃關了起來，遞給李權哲便利商店的小杯熱美式。

「醒個酒。」

即便阿川年將四五，李權哲依然覺得他看起來只有三十幾歲，他臉上的歲月彷彿停留在李權哲剛升隊長那時，永遠不會老。

「專業的喔，這麼明顯？」李權哲撥開蓋子啜了一口，希望苦味可以讓自己更清醒些。

「幹，門口紅綠燈都聞得到你的酒味。人來了啦，先做筆錄。」

阿川朝李權哲的肩膀拍了一記，他是李權哲最欣賞的隊員。當年李權哲、林超、阿川三個人撐起整支隊，衝鋒陷陣。

李權哲邊啜著咖啡，試著緩下腳步藏住醉意。他恍恍惚惚走向偵訊室，透過玻璃看見一位老伯坐在裡面，面色難看地低著頭。

「你說你去田裡幹嘛？」

李權哲盯著老伯的雙眼，老伯避開眼神。

「工作。地主請我去整理那塊地。」

「地主是誰？」

「親戚介紹的老闆，做工具廠的。烏山那塊地是他的。」

「名字。」

李權哲把桌上的紙筆推向老伯，他看著老伯的發顫的手握著筆寫完，然後站在門旁的員警便把那張紙拿出了偵訊室。

「你凌晨三點多去除草？」

老伯看似要說什麼，卻又將話吞了回去。李權哲邊喝著咖啡，目光沒離開老伯一秒，經驗告訴他許多報案者常常就是兇手，只需要在詰問時施點壓力，通常就會露出破綻。

「你有喝嗎？」

李權哲盯著老伯眼球上的紅血絲。老伯愣了一下，然後心虛地點頭。

「你喝酒開貨車，撞到那個女孩子。想說興致一來，剛好車上有工具也有鏟子——」

「沒有！大欸我沒有！」

老伯激動地說，眼中泛著些許淚，看起來像是還沒脫離當下挖到屍體的恐懼。

不是他。李權哲心想，不會是這種反應。一個會把女孩子搞成那副鬼樣子的人不會是這樣。

「不然你凌晨去那邊幹嘛？想清楚再說，酒駕已經一條了，加上你現在又是嫌犯。」

「大欸……」

老伯開始啜泣。李權哲緊握著拳，逼自己按耐住，感覺到氣流緩緩流過鼻孔。

「那附近……都會有情侶看夜景……」老伯吞吞吐吐地說。

李權哲愣了一下，而後對著偵訊室旁的玻璃露出曖昧的神情，儘管玻璃是單鏡面反射著自己，但他知道阿川一定在外頭笑著。

「你去看人打炮？你變態是不是？」李權哲咬緊機會喝斥，心裡卻覺得有趣。

「我不是故意的！第一次去的時候已經早上了，我在工作。他們喝得很醉，也有抽一些東西，有味道，而且他們很大聲……」

「打炮很大聲？有什麼味道？塑膠味嗎？還是麻？」

李權哲眼睛一亮，善用這個老伯，或許他就是今年的毒品績效。

「我不知道……但人真的不是我埋的！我不知道幾點到了那邊……」

「凌晨三點多。」李權哲接話。

「對……但今天沒有情侶在那邊，我懶得先回家，想說都來了就先把雜根加減挖掉。我有點醉，腦袋不是很清楚，我只記得從車上把鏟子拿下來後就開始到處鏟……」

「然後你就鏟到人。」

老伯猛力地點著頭，接著嗚咽地開口：「我不知道怎麼會鏟到那個……我馬上就報案了……」

李權哲看著他想著毒品績效獎金。如果技術性綁住他，或許可以多買幾瓶好酒。

「因為這是兇殺案，我們隨時都會再找你來問話，酒駕的部分我就先不辦你，之後——」

「你說不辦就可以不辦是不是？」

偵訊室的門被打開，周奕璇走了進來。她剛剛一直在外頭看著，包含李權哲對著玻璃竊笑的部分。她覺得這一切是在亂搞。

李權哲站起身來，看見阿川站在偵訊室門口使了個抱歉的眼色，李權哲也用眼神無奈回應。

「酒駕是不是？車子留下來，吊扣駕照一年。」周奕璇冷漠地說，邊翻著桌上的資料。

「長官麥啦！沒駕照怎麼工作……」

「對啦，他跟這件也沒關聯……」

老伯哀求著，李權哲也試著幫他說話。

「你現在涉犯的是公共危險罪。三項權利，可以保持緘默，可以選辯護人，可以申請調查對你有利的證據。」周奕璇嚴厲地說，然後瞪著李權哲。

現場一陣靜默。

「違反道路交通安全規則一百一十四條，以道路交通管理處罰條例第三十五條舉發。帶出去簽名。」周奕璇說。

「好。」阿川將老伯拉了起來，老伯邊回頭哭著，邊被拖出偵訊室。

「再給我一次機會啦長官……」

李權哲插著腰，默默的低著頭。偵訊室裡只剩他和周奕璇兩個人，然後他開口。

「不是他。」

「可以請你看證據辦案嗎？」周奕璇說。

「我們根本沒有證據。而且看就知道不是他。」李權哲繼續說，「法醫說已經死了二十幾個小時，是他的話幹嘛昨天不埋要拖到今天？還報案，他看起來像是來炫耀的嗎？」

「測謊的時候可以問。」周奕璇說。

「測謊是浪費時間，不可能是他。你看那女的長成什麼樣子，要手沒手，全身都是傷。會做這種的是精神病，腦子有問題懂嗎？」

李權哲把桌上的照片擺到她面前，現場的惡臭似乎正從照片上屍體的特寫散發在偵訊室裡。

「精神病跟殺人是兩件事，請你用詞尊重點。」

「我是說一個正常人根本沒辦法這樣。虐待。而且這種人也不會隨便一講就哭。屍體是被埋起來的，如果不是剛好那個阿伯去工作，不然永遠不會有人發現。挑了沒人會去的墳墓山埋屍體，這個人有在動腦，妳信不信驗屍驗不到指紋？絕對不是剛剛那個偷看情侶打炮的北七。」

「那你知不知道台灣每年酒駕死多少人？李警官，不想被處分的話我勸你講話注意點。」

他們對視著，幾乎只隔著一掌的距離。

「怎麼處分？停職嗎？拜託現在。隨時都可以。」

李權哲走出偵訊室，阿川湊到他身旁跟著。

「那塊地的地主整個禮拜都不在台中，回台南過年了，他的家人可以證明。而且，」阿川停頓了一下，「他七十二歲了，那個地主。」

「去跟裡面那位說。」李權哲搖著頭，指了指後方剛走出偵訊室的周奕璇，接著他們看見一個人從警局大門的階梯快步走了上來。

局長陳俊欽，台中市刑警大隊的老大，真正的老大。

花白俐落的短髮，方形無框的透明眼鏡，像印刷廣告般隨時標準的微笑。他自帶領導者的風範，對內深植每個刑警的心；哪個老婆懷孕、哪個最近買車需要介紹、哪個兒子要念私校需要他出面；對外面的媒體、官僚，都安撫得服服貼貼。他綜觀全局，顧名思義局長。

「如何？」局長問。

李權哲雙手一攤，「檢仔在裡面，『注意』用詞。」

其他人和局長相會，李權哲則擦身而過，走到大門外的牆邊點了根菸。他心想，忍耐也就到剛剛為止了，反正周奕璇一定會把他換掉，然後林超就會接手。畢竟這種分屍案一定會上新聞，身為隊長的林超也躲不掉。

「周檢。」局長跟周奕璇握了手。

「這次女屍案會由我們李警官負責，大家會全力支援。」

李權哲詫異地望回局內，熄了菸走回大廳。

「大欽，超仔在電話裡說——」

「哲仔。先惦惦。」

局長沒等他說完，李權哲才意識到事情似乎不太對勁。年假局長來辦公室幹嘛？雖然分屍案算嚴重，可是以前隊上也有許多類似的案件，應該用不到他排了假還跑來局裡。

「阿川，打開電視。」局長指著桌上的遙控器。

觀眾朋友早安，歡迎來到即時新聞快報。

歷經十年斥資八億兩千萬元的台中海洋館，在前年年初，台中市長顏秀瑜與海邦集團董事長王京成簽約完成委外經營，預計在今年的七月開幕，抓緊學生暑假熱潮。

不料今早，屏東派出所接獲董事長夫人陳淑敏報案，出差台中開會的王京城董事長已經整整兩天音訊全無，最後陳淑敏太太還是決定通報警方。

陳淑敏：「昨天早上接到黃主任的電話，說是要開會了可是董事長人還沒有到，打了電話也沒接，問我他是不是還在屏東……但明明他好幾天前就出發了，剛到台中的時候也有收到他的訊息……拜託大家一定要多多幫忙……」

接下來帶您看到台中市的烏山，一具女——

局長急忙切掉電視。

一名女子頂著外頭的光走進大門，身後跟著一群正裝人士。媒體的廂型車停在階梯下，大批的記者被攔在門外，閃光燈閃個不停。辦公室坐著的人都站了起來，周奕璇見狀也挺起身子整理自己的儀容。

「俊欽阿。」

「市長好。」

局長鞠躬握了顏秀瑜市長的手，顏秀瑜燦爛地露出跟平常電視上一模一樣的模板笑容。

「阿，周檢也在。」顏秀瑜看見周奕璇。

「市長好，剛好來這邊處理案件。」周奕璇嚴謹地答話。

「她呀，就是去年查台南氣爆案的檢察官喔！今年調來台中，你看人家這麼年輕！」顏秀瑜轉頭跟身旁的幕僚誇讚著，然後幕僚們各個開始跟周奕璇握手。

顏秀瑜眼神對上李權哲，便尷尬地點頭致意。李權哲當年的事，也讓市長不斷地滯留在媒體版面上。

「相信大家都知道了。辛苦你們了，過年還加班。海邦集團跟台中市政府合作的海洋館本來五個月後就要正式開幕了。現在董事長失蹤，市民一定都很關注也很擔憂，尤其是公司的眾多員工與王京成董事長的家人們。」

顏秀瑜看向周奕璇，「我已經跟檢查長通過電話了，再麻煩各位共同合作把董事長找回來。過年期間辛苦了，我們不能讓市民失望。」

「是！」

警局裡大家喊得異口同聲，連周奕璇都不自覺跟著。面對權力，檢警就會瞬間一體。

李權哲靠在辦公桌上，搖著沉在底下的半口咖啡，然後仰起頭來乾了它。這下他知道哪個案子比較重要了，分屍案才會落到他頭上。

2

相驗解剖中心位於崇德路上的台中殯儀館，一旁便是與三民路五權路交織而成的大型路口。

站在路口中央的交通警察搖著指揮棒，哨聲四處迴盪。每年到了這時候，一中街就會搖身一變，成了熱鬧的年貨大街。商圈外圍塞滿了車，每條通路都被三角錐封了起來，禁止汽機車進入。

初三，觀光人潮洶湧的開始。

反之解剖室隨著年假變得比較冷清。一間解剖室、一個驗屍台，導致平日不管是因為意外或是各種因素來的屍體，都一律需要「排隊」。除非是特殊案件，才能優先執行相驗。

羅弘任的經驗老道，是法醫組主任，許多案件在他的解剖室裡就已經解決了八成。從作案方式、毛髮指紋、攻擊器具，有關作案人的一切幾乎躲不過這裡的數據科學。但有另外一種案子：那些案子在解剖室裡找不到任何蛛絲馬跡，所以檢警只能回到最傳統的方式——找人問話，牽出關係線，找到動機後給出一個嫌犯。

這個年代，羅弘任的手裡如果有這種案子出現，最後幾乎都是進到資料庫裡，然後被封存起來，變成懸案。

「沒有指紋，沒有其他毛髮。除了桌上那些東西，不屬於這女人的都沒找到。但還沒解剖，等等說明完再看周檢怎麼決定。」
解剖室裡靜得只剩時鐘的指針聲。
「從外觀開始，骨盆判斷她大概二十到二十五歲之間。被截肢的手，除了被灼傷外，手腕有刀割痕跡，自殘過。只不過手腕的割傷已經是陳舊性傷痕，都痊癒好久了，應該是近幾年沒有再自殘了。」接著他指著屍身，「灼傷的部分就是新的，跟現場說的一樣，人死後才被灼傷的。頭髮被電剪類的工具剃光。另外眼睛的部分，傷口不是尖銳物弄得，比較像高溫熔化，跟全身的燒灼傷口類似。」
「用什麼燙的？」周奕璇問。
「我覺得是類似『香』的東西。」
「香？」
「對，拜拜用的香。很像我之前處理過家暴的案子，是用香菸燙小孩的背。只是這個屍體上的灼痕比香菸更小。」
李權哲在現場說對了一半，只差沒有考慮到菸頭跟香頭的接觸面積。周奕璇暗自在心裡佩服，她瞥了他一眼，只見他盯著屍體入神。
「腳上的金屬銬我把它拆下來了，在那邊。還有項圈也是，來源應該不特別，材質跟市面上狗用的一樣。」
李權哲與周奕璇轉頭看著項圈、腳銬。即便是靜靜地放在冷冰冰的不銹鋼桌上，依舊令人毛骨悚然。羅弘任再度開口。
「還有胸口開膛跟截肢傷口都不到一天。也就是你們現場看到的，人是往前推二十多個小時內埋進去的。」

「所以不是長期虐待？」周奕璇問。

「那要看虐待的定義。雖然是在她死後才有那些傷口，但依她的體態來看，應該是長期被監禁。如果妳虐待的定義裡包含監禁的話。」

「當然包含。」周奕璇說。

「我還發現了一個東西。胸口上的傷痕的確被縫合過，是醫療用線，可以被組織吸收的那種羊腸線。我把它拆下來了，放在那。」羅弘任用下巴指了桌上那條深鵝黃色的線。

「醫生？」李權哲問。

「或是共犯。」

「你們現在看到的是我暫時縫的，不是她原本胸口上的。原本的傷口的確是有被完整地縫起來，只是縫得很怪。」羅弘任停頓了一下，思考著該如何形容，「可是被截掉的兩隻手臂又摘除得很乾淨，只有醫生辦得到，甚至是外科專業。但就是那個縫合術，很怪；與其說怪，不如說至少我沒認識什麼醫生是這樣縫的，跟我們習慣的都不一樣。線材也稍微不同……」羅弘任一陣沉思，接著他又開口。

「而且哲哥，你之前遇過分屍的吧？」

「一次。其他都是從退休的那些聽來的。」

「我倒是處理過蠻多，分屍通常以目的性來說——」

「是要讓屍體更好解決。」李權哲接過他的話，「通常會分更多塊，不會只切手。」

「嗯。所以這個不太正常。」

「分幾塊都不正常。」周奕璇說。

解剖台上，兩隻手臂整齊地擺置在女子的手肘下，像是拼圖般拼湊出她生前的模樣。

「最後，性器官的部分。處女膜也只有陳舊性傷痕，並沒有近期的撕裂性傷口，所以至少好幾個月、甚至一年以上她沒有受到侵入性傷害。也沒有殘液跟皮屑。」

「你確定？」李權哲不相信他聽見的。

「確定。」

「嘴巴呢？肛門呢？」

「都驗過了。嘴巴和肛門連陳舊性傷痕都沒有。」

「不可能。」

「那些銬環跟項圈……所以她沒有被性侵？」周奕璇問。

「有沒有過不確定，但確定的是近期很長一段時間都沒有。大概這幾年內都沒有侵入式傷害。」

「所以不是性虐待？」

「不是。扣掉死後弄出來的那些傷口，我們幾乎只能判斷她生前就是被關著而已。性的部分沒有直接的證據，陰道的傷齡上也不符合近期。」

他們陷入一陣無解的沉默，然後決定解剖。

一個半小時後，李權哲和周奕璇緩慢地走出殯儀館的大門。剛才在解剖室裡，法醫說她身上的器官都重量過輕，胃和腸道裡面是空的加上皮下脂肪已經消失，最後是腦部水腫，所以很可能是餓死的。除此之外，他們一無所獲。

時間已經是下午三點。他們兩個都累了，從烏山的荒田到現在已經過了整整十二個小時。天空開始飄起細雨。

「我們從頭開始查，從她是誰開始。」周奕璇說。

「我會打給阿川。請他調一些失蹤通報，看有沒有二十出頭女的。」

「你不回警局？」

「頭痛。」

「我看是宿醉。」

周奕璇沒好氣的說。李權哲沒理會她，讓大門的警衛幫他叫了計程車。一會兒後，車來了，他打開門全身溼答答地坐了上去。事實上，他早就醒酒了，可是他正感覺自己現在強烈地需要酒精。

他剛剛聽見了。他確定。

法醫解剖到一半的時候，他開始耳鳴，跟在那荒田的時候一模一樣。然後他確定自己聽見了，藏在尖銳耳鳴之中那句詭異的叫喊。那虛幻的聲音從模糊到漸漸清晰，開始震耳欲聾，像是急迫呼喚著他。

「你——找到我！」

3

地檢署並鄰高檢署，兩棟樓莊嚴地矗立在自由路上，位在台中市中區。附近的銀行、學校、台中公園、翻新後的柳川使這條路日日人車嘈雜，年假時難得顯得格外寧靜。

尤其少了平日等公車的女中學生們。

調來台中後，周奕璇每每都會想到她讀女中時，在地檢署前的公車站牌等車的日子。站牌旁的風鈴木依然健在，只是北風伴著細雨使得它光禿禿的有些狼狽，勾不起學生時代的夏日細節。但她依然記得從這裡搭車，十分鐘就可以到一中街，那裡的補習班、手搖飲料、特價耳環、社團開會、一中生。

「周檢今天沒開車呀，重機很帥喔！」

每個時段在門口值班的法警不同，周奕璇不確定是因為自己的樣貌還是年紀，她出示了整整半年的證件才讓每個法警都認得她，不再被盤查。

「對阿。接到通報的時候剛好在騎車，相驗完就直接過來了。」

相較於現代灰水泥建成的高等檢察署，地檢署米白色的外觀顯得親人許多。加上外圍種了許多大花紫葳、椰子樹等綠色植物，每天在車裡等柵欄開時，能讓她短暫忘記今天是來處理毒品還是死人。

「驗得怎麼樣？」

檢察長端著一個馬克杯站在辦公室的門邊，這個案子是由他分配的。

「檢察長。」

「一聞就知道妳剛相驗回來。那個味道。」

周奕璇禮貌地苦笑了一下。她知道作為年輕檢察官，被分配到這樣的大型案件是受到「重用」的象徵，直到早上在警局裡看到失蹤董事長的新聞為止。兩起重大案件同時發生，更矚目的那件還是到了學長手上。雖然知道越受矚目的案件就有越大的責任與壓力，但她並不介意扛起它們。

「解剖後還是沒甚麼進展。我們只能從受害者身分開始查，先調失蹤通報出來看。」

周奕璇用冷靜的口吻，試著驅走那些隨著字句出現在腦中的屍塊。

「雖然平常都是他們抓人我們告人，但這件我們要參與多一點，畢竟是重大刑案，責任也是給我們扛。剛剛新聞已經開始報個不停了喔，會報到我們抓到人為止喔。」檢察長啜了一口熱美式，香味撲鼻而來，「剛好過年妳也沒內勤，當作是個學習的機會。」

「好。謝謝檢察長。」

「李警官呢？沒事吧？需要幫妳換個人？」

李權哲現場說的灼傷、後來說的驗不到指紋，都在解剖室裡冥冥相應。周奕璇有些不甘心地抿著嘴。

「不用換，他感覺……」她不想說厲害這兩個字，她也還在摸索李權哲到底是直覺準確，還是只在亂矇。

「感覺很有經驗。」

而且周奕璇也知道不可能換人，就跟檢察長現在出現在地檢署的原因相同。檢警大部分都被調去追查董事長的失蹤案。

檢察長不知來由地鬆了口氣。

「沒事就好。他以前真的很厲害噢。以前啊我遇到刑警大隊，他們都會跟我開玩笑：『想要升官，就要跟著李警官』。」

「那怎麼了？怎麼突然提換人？」

「我剛來台中當檢察長時，遇到的第一個大案子就是李警官的案子。」

「他很難合作對吧？酒鬼……」

周奕璇突然意識到自己在跟長官說話，急忙閉嘴。或許檢察長跟李權哲是朋友也說不定。畢竟檢警圈就是這樣，誰也不知道誰跟誰交好交惡。她開始整理起桌上的卷宗。

「不是。是——」檢察長突然把話打住，身體不協調地側向一邊，然後又回過頭來懷疑地瞇起眼睛。

「妳不知道？」

周奕璇微笑聳了肩，便又低下頭來繼續梳理手上的文件。

「我是說『他女兒的案子』。」

周奕璇停住了手，然後抬起頭來疑惑地看著檢察長，卻發現他也同樣是一臉無法理解的神情。

「他女——」檢察長開口，又停了下來。他思考著該如何說得清楚明白，但最後發現其實很容易。

「他是李靜的爸爸。」

周奕璇愣住了。

「李……」

「對，那個李靜。中港隨機冤殺案，李靜案。」

周奕璇忽然置身兩年前的一個早晨，當時她還在台南值勤。那時車子才剛發動，警廣就瘋狂播送著這條新聞，接著手機訊息、網路媒體，開始爆炸式的塞滿各個版面。當下她的心緒漏了半拍，然後在心中默默為家屬祈禱。她盯著擋風玻璃好一會兒，才終於駛出停車格。

「那是他女兒。」

周奕璇一時之間無法動彈，她僵直地站著。檢察長盯著她看，像是不確定她有沒有聽見。

「知道吧？那個高中快畢業的女孩子。她剛考完學測，半夜唱完KTV準備走去搭公車——」

周奕璇開始發顫，她想大聲喝止檢察長繼續說下去，可是嘴巴卻吐不出半個字。

「被刀捅死在路邊。」

然後是一陣沉默。

「也是。後來電視上都是她媽媽，難怪妳不認得。我們檢調以故意殺人起訴被告，求處極刑。那時候台中檢調的內部目標一致都是死刑。但後來的結果大家也知道……」

檢察長繼續說著，像是強迫喚醒人們的共同記憶。他的一字一句都刺著周奕璇的心臟，她努力地把淚水含在眼裡。

「結果三審定讞，精神思覺失調，適用刑法第十九條第一項。被告行為時──」

「行為時……依精神障礙或其他心智缺陷……致……不能辨識其行為違法……或欠缺依其辨識而行為之能力者……不罰。」

周奕璇用力逼自己接完檢察長的話後，才背過身去擦掉眼淚。

從這段驚悚的事件轟動全國以來，周奕璇第一次感覺離它這麼近。它就發生在這一整天下來，她身旁的那個醉漢。她現在滿腦子都是她質疑李權哲的話。

你很了解隨機殺……精神病跟殺人是兩回……用詞尊……

「還是判了五年監護。現在關在醫院裡。」

檢察長將她拉回現實。但她依然沉默，急忙在心中重新檢視自己早上到現在說過的每一句話。

「我知道。很多案子的結果我們都不滿意，但都三審了，還是服從判決。被告也做了精神鑑定，結果就是這樣。事情發生了，我們也盡了責任，剩下的就是接受，繼續工作。」檢察長自顧自地說，再啜一口手裡的咖啡。

「李警官那陣子情緒很不穩定，還被停職了一段時間。我去過他家拜訪喔，陪他喝了幾杯。」

「所以，剛剛才問妳需不需要換個人。他有時候會有點難搞。」

檢察長瞟了周奕璇一眼，卻沒等到她的回應。她佇立在辦公桌前，低著頭一動也不動。

「還是對他溫柔點吧。」

辦公室的門被闔上，剩下漸漸消逝的腳步聲。

4

傾盆大雨澆灌著夜路。

男子沒有撐傘也沒穿雨衣，他淋著雨，雙手插著夾克口袋，時不時回頭查看。她們沒注意到前方有人，他們彼此也不認識，只是走在同一條路上。她們帶著包廂裡的醉意出來，揮舞著雨傘。她們推鬧、嘻笑，雨聲滂沱得蓋過她們之間的耳語。

男子試著放慢腳步，試著聽清楚她們究竟在笑什麼。他受不了她們嬉鬧，受不了她們在他背後說話，說他的壞話。

他回頭走向她們，大喊著要她們停下來，可是她們卻依然笑鬧著。他邁開步伐、腳步加快，地面的水花濺濕他的褲管。

交頭接耳之際，其中一個女孩瞥見雨裡有個人影疾速靠近，混亂之中她伸手將其他人攔在身後，對著大雨中迎面而來的黑影咆哮。

「喂！」

那人握刀衝了過來，所有人尖叫著，刀鋒捅入女孩的心臟。

李權哲驚醒。

他跌落沙發喘著氣，月光冷冰冰地照亮他一小塊眉骨。他雙手搓揉著臉，看著牆上的木鐘指著凌晨兩點。

他伸手摸向沙發旁的茶几，搖了幾個七星淡菸的空盒。他披上襯衫，走向落地窗旁的老裁縫車櫃。那是他母親留下來的，留在這個房間，留給本來要留給的人。

他拉開裁縫車櫃，裏頭躺著幾包未拆封的菸，還有一把黑色的土耳其 RETAY 廠制 P114 改造手槍。幾個月前從他「朋友」手中沒收來的。一直以來，他都有道上固定的幾個朋友，他讓他們方便做事，而他們給他每年查扣違法槍枝的績效。

那時他刻意留著這把改造槍。他想或許有天他用得到，只是不確定是用在哪個人身上。

李權哲拉開落地窗，走上陽台上點燃了菸，他搖了陽台上的金牌啤酒，發現還剩幾口。

他住的透天厝有三層樓高，傳了好幾代下來。陽台的對面就是稻田，在稻田後的遠方還是稻田。田間小路唯一的光源是一盞兩層樓高的黃路燈，守望般地佇立在幾片田的中央。幾年下來這附近似乎都一個樣，空氣裡的味道也跟昨天的案發現場一個樣。

上下班時間才會有車的馬路，政府想要卻無法徵收的大遍農用地。這條路上的左鄰右舍大多姓李或姓陳，大家都住父親的父親留下來的透天厝。

傳統；寧靜，這一帶以前從不出新聞，直到李權哲家的事變得家喻戶曉。大家見到他會開始竊竊私語，或過分禮貌；而現在，後方的山頭上又多了一具屍體。

他眺望著綿延的乾田，遠遠看見七十四號高架道路上一排點狀的小小路燈，重疊著高鐵的高架橋。

這裡是鄉下，到高鐵站卻只要五分鐘。他以前會想，如果有天李靜考上了台北的大學，回家一定很方便。儘管貴，但每次都搭高鐵回來也無妨。他會跟老婆開著他們的白色 Camry，在高鐵站出口的樓梯下等著她。他會接過她的行李箱，放進車後，然後一邊看著她被老婆寵溺地抱著。

「歡迎回家。」

但這些想著都只是夢。他只是每晚從一個噩夢驚醒，白天又活在另一場夢裡。

填上彈夾，拉滑套。他把槍管朝上抵著自己的咽喉，然後閉上雙眼緊緊扣住板機。

凌晨三點，菜鳥刑警迅速關掉手遊，他從服務台站起身來，詫異地看著一個落魄的男人叼著菸，從門口的階梯走了上來。

「哲哥。」菜鳥點了個頭，「川哥還在裡面。」

李權哲走進辦公室，看見睡死的阿川臉埋在辦公桌上。李權哲把菸盒丟向他。

「幹，嚇死人。」阿川揉著眼睛。

「有名字了嗎？」

「沒有。」

「要睡回家睡，我接著查。」

「大欸不用啦，前年的名單我看一半了！」

「叫你回去就回去。」

李權哲看得出來阿川很累，白天一早應付著董事長失蹤案的媒體，過一會兒又擋著一批門口想追女屍案的記者。局長在記者會上說明女屍案同董事長案一樣，都成立了專案小組。

但據李權哲所知，除了阿川主動幫忙外，女屍案根本沒什麼小組。只有他自己，其他人力都要用借的。頂多再算一個難伺候的女檢察官。

李權哲其實無心查案，但也只能查案。他知道自己擅長這些。生活裡已經沒有任何重心，像在汪洋上漂泊，而這個案件來得像浮木，可以暫時抓住。

把阿川趕回家後，李權哲坐在電腦前，滾動著滑鼠上的滾輪。失蹤人口的檔案一大狗票，失智的老人占了大多數，其次是看起來凶神惡煞的青年，再來是輟學的少年少女。

螢幕上的照片簡歷快速滑動著，然後越來越慢。

李權哲發現盯著這些人的照片有種特殊的感受。

如果看到市長的照片，腦中會自動放起她在新聞上的談話；如果看到臉書上朋友發的照片，即使沒那麼熟悉甚至是不認識，腦中都能自動填補那張照片背後他們生活的樣貌。

可是當他看著電腦螢幕，看著一張張失蹤人口的照片，都只有一種感受。

寂靜。

他們的臉龐布滿眼前整個螢幕，不管上頭的他們是笑，是面無表情，還是和藹可親。

都只剩寂靜。

5

失蹤時間已過四十八小時，海邦董事長仍不知下落！
女屍塊遭棄荒田！警官痛失愛女領頭偵辦，盼捉拿變態殺人魔。

早上九點，周奕璇將剛煮好的一壺熱美式放到隔熱墊上，她坐在木紋餐桌前滑動著iPad，讀著今天的報導。

她嗤之以鼻地笑了。這就是最經典的新聞標題，大家所熟悉的，她總是能清楚分析這種下標題的技術。

一、民眾會誤以為屍體就是警察的女兒，點閱。

二、女屍塊，點閱。

三、變態殺人魔，點閱。

總是常寫警方領頭偵辦，案子辦得好就說是警方英勇，案子辦不好大家又會恢復記憶，想起檢察官是唯一偵查主體，於是說檢調無能。再說當然不能親自辦自己女兒的案子，與被害人或嫌疑人有親屬關係時應予迴避。

正想切掉視窗時，周奕璇目光停留在「痛失愛女」那四個字，陷入沉思。

她想起華生。

華生是一隻摺耳的美國短毛貓，讀大學時堂哥養的母貓生下來的。周奕璇在台北讀書時，她媽媽面臨空巢期又覺得家庭主婦的生活無趣，就自己跑去跟她堂哥要了一隻小貓。結果小貓卻比較親偶爾回家的周奕璇，自從有了牠，周奕璇開始常常回來台中，大學生涯的寒暑假幾乎都待在家裡陪著小貓度過。周奕璇喜歡看著牠，牠左眼的虹膜上有一個很小很小的黑斑，像一道迷你閃電的形狀。醫生說那是天生的不影響視力，所以不用擔心。

華生這個名字是周奕璇取的，她和媽媽都是柯南道爾的書迷，從小家裡的書架上放滿了福爾摩斯探案。而 Dr. John Hamish Watson 是福爾摩斯的搭檔，儘管牠是隻母貓。

考上檢察官後她被分發到台南，上任還沒滿一年她就接到家裏的電話，另一頭的媽媽哭著。她行李都沒收，只帶著手機和錢包就把機車掉頭，直飆到車站買了最快可以回家的高鐵。

華生走失了。

她跟獸醫院借了誘捕籠，在家裡附近放了牠最愛的飼料和罐頭。她上網做了很多功課，找回愛貓的方法她全都讀過，不管是實際的或是靈性的。華生的尋貓啟事貼滿社區附近的電線桿、布告欄，她一家一家投著信箱。她知道貓不敢在白天人多的時間活動，所以她晚上不睡，熬夜守在家門外。她對著空蕩的街道喊著牠的名字，每一天。她讀到網路上寫著許多找回愛貓過程的文章，說貓是有靈性的動物，認得回家的路。

兩個禮拜過去了；一個月；然後是一年。

華生沒有回來。

梅雨季到了，牠有沒有地方躲？淋濕了牠會不會冷？牠在外面有沒有東西吃？會不會被路邊的野狗追？會不會幸運地被好心人撿回家？

那時她感覺華生的離開，讓她心中的某一部分死了。

周奕璇怪自己沒把華生帶在身邊，帶到外地工作，也怪自己沒能留在家裡照顧牠。她怎麼想都是自己，她感覺就像自己和家人親手殺了華生。

周奕璇回到台南工作，她哭了好幾個冬天，然後慢慢堅強起來，繼續生活。

現在偶爾再想起牠，依然會眼眶泛紅。

那失去女兒呢？

失去女兒又需要幾個冬天？她無法想像。

門鈴響起。

周奕璇看了手錶，一個禮拜前她就排開了今早的時間，她關掉 iPad 上前應門。

「周小姐！不好意思遲到了！」

門口站著一對和她差不多年紀的年輕男女。

「沒關係。牠在房間裡面，應該在睡覺。」

三個禮拜前周奕璇開車駛在七十四號高架道路上，副駕駛座前方的引擎蓋不斷發出奇怪的聲音，乍聽之下很像是煞車皮或是某個螺絲鬆落而空轉的尖銳摩擦聲。

車子是從她爸爸那退役下來的，一輛零六年的舊款 X-Trail 黑色休旅車。她不懂車，覺得車子老了常有毛病，直到她越聽越覺得不對勁，就馬上在市政路口下交流道。

她將車停在路邊，打開引擎蓋。

是一隻小貓。牠發抖著。

只有手掌大的牠，躲在引擎蓋裡左上方接近副駕駛座的位置。雖然空間足夠，但車子剛從快速道路下來，小貓周圍的引擎零件都冒著熱煙。她想那陣子常下大雨，小貓大概是半夜躲進車底，車子啟動時又受到驚嚇，就從中間的空隙往上爬到引擎蓋裡。

「好危險！」

這對男女用憐惜的眼光看著小貓。

這是周奕璇第一次當中途之家。那天她臨時打了通電話請假，帶小貓到獸醫診所檢查，花了兩三千塊幫牠洗澡加驗血，回家後讓牠關籠休養。過了一陣子小貓不用關籠了，卻時常尿床。她開始教牠使用貓砂，晚上小貓會對著窗外一直叫。周奕璇猜想，或許是牠想念流浪時身邊的貓媽媽。

牠與華生不同。華生從小就是家貓，除了換季生病以外，大部分就是放食物、清貓砂，然後牠就會懶洋洋地躺在和室地板上活給你看。

這是第一次周奕璇帶真正的流浪貓回家照顧，剛開始的確有些麻煩。但過了兩個禮拜，小貓開始會吃飼料了，不需要再用水泡軟，也開始會用貓砂了。

她上網釋出認養訊息，看中這對情侶，有很大一部分的原因是他們今年要結婚了。否則她認為男女之間的小情小愛很不可靠，更何況是一起養育生命。她相信穩定可以給這隻小貓更好的生活。

這是他們第三次來看小貓，也在周奕璇心中通過了考核。

「你們喝咖啡嗎？」周奕璇問。

「不用不用，沒關係！」女生客氣地回應，邊抱著小貓。

「周小姐怎麼沒有直接把牠養下來啊？」

「我太忙了。」周奕璇曾想過，但想到華生就沒有辦法。她做不到。

「對了，周小姐，妳之前說妳是檢察官對嗎？」那男生問。

「嗯，怎麼了嗎？」

「沒事沒事！只是剛剛看到新聞，分屍！而且烏山還離市區不遠！真恐怖！」

「嘖。」女生用眼神示意男生，感覺很破壞氣氛。

「啊！沒關係的。這我們的工作。」

然後周奕璇的手機震動了起來。

「不好意思。」

她接起電話，對面傳來李權哲的聲音。

「有名字了。陳雅貞，失蹤兩年，今年二十。年齡特徵相符，剛聯絡到她媽媽了，殯儀館見。」

她還沒反應過來，電話就已經掛斷了。她想起法醫曾在解剖室裡說過她大概的年齡。

但是……天啊。只有二十。

6

「雅貞……是雅貞……」

陳媽媽手摀著嘴，驚魂未定。

考慮到感官衝擊，法醫將裹屍布只掀開到臉。他們剛剛沒討論誰要負責提起分屍開膛的部分，想當然是周奕璇負責。但當周奕璇一開口，陳媽媽就哭著搖頭，顫弱地揮手要她別再說了。那些灼傷還有項圈銬環的噁心細節，該提的、不該提的也都出現在新聞上了，只差記者沒拍到照片而已。他們現在只能祈禱陳媽媽不要激動地去握女兒的手。

周奕璇輕輕撫著陳媽媽的背，感覺自己像是個殯葬業者。

李權哲開口：「陳媽媽，我們需要雅貞的相關物品做DNA確認——」

「我會認不出自己女兒嗎？」

她打斷他，幾滴淚滯留在她臉上的皺紋。周奕璇瞪了李權哲一眼。

「只是程序。」李權哲攤著雙手退到一旁。

周奕璇低下身子，試著跟陳媽媽對到眼。

「陳媽媽，我們很遺憾，但為了儘快抓到兇手，我們需要帶鑑識人員到雅貞的房間。我們也需要妳的幫忙，盡可能告訴我們有關雅貞的任何事情。」

「誰會對雅貞做這種事……」

陳媽媽顫抖著，開始有些重心不穩，於是他們先派人把她送走了。周奕璇與李權哲留下來看血液檢測的結果，但也只有得到各種顯示她體態虛弱的數字。

下午一點，細雨濛濛，空氣濕悶。

陳雅貞家位在南屯區的黎明新村，這一帶最早是舊省政府的辦公處，附近都規劃成國宅社區，提供給公職人員住。而現在這些國宅大部分都被老公務員租出去了，或早已經被拍賣掉。因此後來又有許多新的家庭搬到這裡，長住下來。

許多年前，李權哲曾注意到黎明新村難得又有新的房子在拍賣。公園、網球場、圖書館、活動中心、傳統市場、可以踢球的寬綽草皮，附近四五間國中小圍繞著。這裡會是育養孩子的好社區。

雅貞是單親家庭，陳媽媽在附近的會計事務所當助理，一個人負擔起這間國宅租金。一整排兩層樓高的小巧矮房，傳統的深紅色鐵門，淺灰點狀的泥磚砌墻。左鄰右舍都在圍牆前放了幾盆小花小草，讓整條巷子看起來頗為溫馨，只有一戶圍牆前的盆栽已經枯萎。

周奕璇與李權哲各自撐著傘站在外頭，然後門被打開，陳媽媽哀悽地探出頭來。李權哲將指間的菸頭彈熄。

他們走進深紅色鐵門，穿過小小一塊前庭，看見庭裡躺著一輛舊單車。陳媽媽打開院裡另一扇較現代感的銀色鋁門。

進到門內就是客廳，客廳的坪數不大，加上擺了祖母綠的L型大沙發、三十二吋電視、長方形矮木桌，使得這個空間顯得有些擁擠，但也不至於到不舒服的程度。客廳後是短窄的走廊，站在門口就可以看到底部的廚房，廚房的窗子開著通到後巷。

陳雅貞的房間在二樓，幾個鑑識人員繞過他們走上樓去採證ＤＮＡ。周奕璇和李權哲在客廳坐了下來。

「長官要喝茶嗎？」

「沒關係。」周奕璇客氣回應。

「茶可以，方便的話。」李權哲說。

「好。」

陳媽媽起身走向後方廚房。周奕璇瞪了李權哲一眼，然後無奈搖頭。茶具的輕敲聲微微地從廚房傳出。

李權哲從昨夜到現在都沒睡，加上查失蹤通報的同時配了幾罐金牌啤酒，讓他有些宿醉。或許喝一些茶可以醒醒腦子。

「雅貞是個怎樣的小孩？」周奕璇開口，等陳媽媽喝了第一口茶，她才敢喝自己的。

「她就是……一個乖小孩。跟其它小孩都一樣。我真的不懂……」陳媽媽手中的茶杯抖著。

老掉牙的開場白。李權哲環顧四周，快速掃視著這個家的細節，看似沒有不尋常之處，但又感覺到某些違和。

「雅貞平常的生活呢？她的興趣？喜歡或不喜歡的事情？陳媽媽，這些都可以跟我們說。都會對案情有幫助。」周奕璇從她的灰色西裝內襯拿出一本小筆記。

李權哲與數不清的被害者家屬談過話，最後是他自己。突然要跟一個陌生人描述自己養了十幾年的小孩、結婚幾年的丈夫、親或不親的父母，你該從何說起？

沒有人會覺得自己的家人應該要有什麼「理當」遇害的原因，人與人的答問大體上都相去不遠。李權哲向陳媽媽示意，然後緩緩起身，沿著走廊往廚房內走。

「我不懂，她只是一個孩子。什麼瘋子會對小孩子做這種事？」陳媽媽用衛生紙擤了鼻涕，沉默了一會兒，「她比較安靜，課業普通，也不太愛跟人說話……」

「妳知道雅貞有哪些比較親近的朋友嗎？」

「沒有，我是說不知道……她都是一個人回家。她喜歡晚上出門騎腳踏車，但就都是……都是一個人。」

「所以她課餘時間都不會跟其他年輕人出去玩？」周奕璇問。

真是夠了。李權哲心想，到底什麼時候要問那個問題？他開始有點不耐煩，回頭望了周奕璇一眼，目光卻被避開。周奕璇打算繼續全盤了解陳雅貞的生活狀態。

李權哲在廚房注意到，除了朝著後巷外頭的窗之外還有一扇對內的小窗戶，在廚房的隔牆上，屬於廚房與客廳之間的隔間。他剛剛沿著走廊時有經過一扇關著的門，他覺得是儲藏室。

李權哲站在廚房裡，伸出手悄悄地拉開那扇對內的小窗。

從窗看進去那個空間，僅僅三坪左右。裏頭擺了張小單人床、小書桌，看起來是個房間，但除此之外又沒有其他的生活用品。周奕璇與陳媽媽仍談話著，李權哲沒認真聽她們在說些什麼。

「陳媽媽妳也是睡樓上對吧？」李權哲在廚房稍微提高了音量，打斷她們。

「對。我自己一間房，雅貞的房間在我對面。」

「那樓下這間是誰在住？」

客廳沒有傳來回應，李權哲從廚房探出頭來，發現陳媽媽也望著自己，沉默著。過一會兒她才開口。

「雅貞的舅舅，我弟弟。他……」

就是現在。

李權哲全身的反射神經告訴自己，該問最重要的問題了，打從一開始就該問的問題。

「雅貞為什麼會住精神病院？」

「喂！」周奕璇緊張地站起身來。

李權哲直視著陳媽媽的眼睛，他知道這個問題很重要。陳媽媽愣著，一時間答不上話。

「妳通報雅貞失蹤的前五個月，她為什麼住在精神病院？」

「是身心科。陳媽媽抱歉，我們沒有那個意——」周奕璇急忙地解釋。

「沒關係。」陳媽媽說。

昨天晚上陳雅貞的名字出現在螢幕上，失蹤通報上的資料顯示她從兩年多前八月份開始住在國立榮新醫院的精神病房，時長五個月。醫療紀錄受到隱私保護，沒有其他更詳細的資訊。住院後的隔年一月，陳雅貞就被通報失蹤。也就是說，在她十二月底出院後，人就消失了。過了兩年，昨天，她終於出現在烏山，就在李權哲和周奕璇的面前，以那副可怕的模樣現身。

失蹤的這兩年，她去了哪裡？李權哲從陳媽媽確認屍體的那一刻開始，就不斷地思考這個問題。

陳媽媽開口。

「我弟弟坐過牢，關出來後沒地方住，我父母不想再見到他。」

「所以他就來住妳這？」李權哲問。

「嗯。也沒有工作願意請他。」

「雅貞跟他關係如何？」

陳媽媽沒有回答，只是雙手交握，搓揉著手背上的皺紋。

「雅貞為什麼住院？」李權哲再問。

周奕璇按著陳媽媽的肩，她只能這麼做，她知道陳媽媽必須回答，回答他們才有機會找到兇手。

「雅貞原本就已經是個內向的小孩，但國中的時候偶爾還可以看到她跟其他孩子一起在補習班外面聊天。」陳媽媽停了一下。

「但她從高中開始就變了，她不說話了。我不知道是什麼時後開始的，是我有天接到班導師的電話，說她都是一個人。分組活動、下課時間、也沒參加社團，她不說話，也不回答老師的問題。老師甚至問過同學們，才發現到高二為止沒有任何同學跟她比較要好，有幾個同學有跟她聊過，但最後都沒有再交集。」

「妳有跟她談過嗎？」周奕璇問。

「她不跟我談，我問什麼問題她都只回答的很短很快……從老師打電話給我後，我每天都在注意她，我發現她的手上總是會有傷口，我偷偷進她房間，把她的美工刀沒收。」

「很多小孩都有美工——」周奕璇回道。

「她是我女兒！我知道她在做什麼。」

陳媽媽沒讓她說完，周奕璇想起法醫提過手腕上的傷痕。

「妳弟弟什麼時候搬進來的？」李權哲問。

「雅貞國三的時候。」

陳媽媽又陷入沉思。李權哲按耐住性子，便又開口。

「所以跟他有關嗎？雅貞的舅舅。」

陳媽媽的雙手握得更緊了，然後開始發顫，眼睛脹紅。

「報稅那一個月我都會加班。有天我突然提早回家了，結果我看到我弟弟從樓上走下來。我上樓進去雅貞的房間，發現她在哭。」

陳媽媽吞嚥了一口，周奕璇和李權哲沉默著。

「我下樓找我弟弟，我逼問他，問他對我女兒做了什麼……他什麼都沒說，就只不停哭著道歉。我忍不住打他，但他就只是哭。」

陳媽媽的眼淚開始滑落。周奕璇安撫著，也擦掉自己的眼角上一點。

「之後我就把他趕出去了。我應該早一點發現。應該要早一點發現的……是我害了雅貞……」陳媽媽開始沙啞，聲音變小到像是祈禱或是詛咒的喃喃低語。

或許就是這個人，周奕璇心想。她要找出證據，然後把這個禽獸押進監獄。接著她開口。

「妳弟弟人呢?他現在在哪？」

「他不在了。」

周奕璇瞪著眼。

「什麼意思？」

「他過世了。雅貞還在的時候他就死了，在醫院裡。醫生說是大腸癌。」

周奕璇與李權哲兩個人啞口無言，呆看著陳媽媽用衛生紙擦乾眼淚。

「後來雅貞手上的傷口越來越多，有人建議我讓她住院，我才把她送去那裡。」

這時李權哲的手機響起，他走到門邊接起電話，是局裡的鑑識組。

「哲哥，那個洞和周遭的土都沒找到什麼東西，就一些貓毛狗毛，川哥說那附近有很多流浪狗。」

李權哲講電話的同時，樓上的另一批鑑識人員們正好下樓，向陳媽媽致意後便先行離開。

「妳女兒有養寵物嗎？」李權哲問。

「沒有。」

周奕璇與李權哲上樓，雅貞的房間格外整潔，已經乾淨到不像是一般青少女的臥室應有的樣貌，陳媽媽才說雅貞去住院時有幫她打掃過。他們在裡面大概待了二十分鐘之久，沒什麼發現便下樓告辭。陳媽媽送他們走出門外。雨還沒停，李權哲撐起傘，回頭望著屋內。

剛剛有那麼一瞬間，李權哲感覺陳媽媽眼中的悲傷消失了。就在那短暫的片刻，李權哲不確定那雙眼是什麼情緒，又或是他自己的錯覺。

7

黎明新村由棋盤式的巷弄交織而成。從地圖上看，整個社區聚集成一團半橢圓形，從黎明路的南邊生長出來。而那圈起半橢圓形的路名為干城街。

傍晚，干城街上一輛黑色 **X-Trail** 行駛著。細雨打上擋風玻璃，周奕璇將雨刷回打一檔，讓它擺動得更慢些，像是這樣就能稍稍緩解她的情緒。副駕駛座的車窗被搖下了一個縫隙，李權哲從襯衫口袋拿出一包七星中淡，塞了一支菸到嘴裡，低下頭舉起打火機。

「不要在車裡抽。」周奕璇冷冷地道，「雨會噴進來。」

而後她不發一語地看著前方，握著方向盤。

李權哲的打火機舉在半空，最後不甘願地把它收了起來，將嘴上那支菸平放在儀表板上。隨後他從夾克內袋裡掏出一瓶三得利威士忌小角瓶，從便利商店架上買來的，他打開瓶口吞著。周奕璇只嘆了口氣，懶得再說。

他們安靜地駛了一段路，然後李權哲開口。

「我覺得少了一些事。」

「什麼？」

「陳媽媽。她少說了一些事，妳覺得？」

「我覺得很難過。」

「我沒問妳難不難過，我是說——」

「國二的時候，我班上的數學老師在外面開補習班。班上的人都去了，所以我也去了。」周奕璇開著車開始自顧自地說著，李權哲感覺莫名其妙。

「晚上下課後他會特別把我留下來。」周奕璇面無表情，「他說我可以個別輔導，他要跳級教我更快的破題方式。」周奕璇向右轉動方向盤，車子轉到喧囂的公益路上。

「然後碰我。」

李權哲緩緩搖頭，他看向窗外，雨水被風吹成橫線，一條條劃過車窗。周奕璇不知自己為何要說起這些，是因為剛剛陳媽媽的話，還是她也知道了李權哲的過去。她搞不清楚。

「我什麼都沒說，我爸媽也不知道，就這樣持續了快半年。直到有天有個人來我們家問話，是個女人，她說有她知道其他同學也有相同狀況，需要我一起作證。後來我才知道她是檢察官。」

雨勢漸大，周奕璇將桿子向下扳一階，雨刷加快地來回刷動。

「我媽那時候哭得很慘，她覺得自己做母親很失敗。我記得那天晚上，她整晚抱著我，我知道她沒睡。」她停頓了一下，「隔天她說希望我到地檢署，告訴檢察官『細節』。會有人一邊做紀錄。」

車子開到公益路底端，周奕璇向左轉，駛上七十四號高架道路，然後開始加速。

「她說她需要我，那個檢察官。她說需要我勇敢——說話。我的證詞可以保護其他人，改變這個社會。」

然後是一沉默。

七十四號快速道路以圓環的形狀圈起整個台中市區，速限是七十公里。儘管如此，測速相機分佈少的情況下，大部分人的車速都在九十公里以上，最內線的車道甚至常有一百多公里的快車疾駛而過。

周奕璇行駛在在外線道，保持時速不超過八十公里，這是她開車時的習慣。守法；安全。

「所以妳後來當上了檢察官。」李權哲開口。

「我想像她說的一樣，解決這個社會的問題。」

「那我們現在就不會在這了。」李權哲伸手拉了座椅調整桿，稍微往後斜躺了一些。「我們解決不了任何問題。」

周奕璇感覺莫名被澆了一頭冷水，瞥了李權哲一眼。

「我們只是在解決有問題的人。」李權哲說。

周奕璇緩緩搖著頭，沉默。

「妳抓了一個，就會有第二個；妳抓了十個，還會有二十個。永遠都會有問題。」李權哲轉開酒瓶。

「所以，我們只是一直在解決有問題的人。」

周奕璇往左切到中線車道，車速不自覺的加快。

「你剛剛不該那樣跟陳媽媽說話。」

「怎樣？」

「精神病院。很汙名化，是身心科。」

「我覺得把精神科改叫身心科的人才是把精神病汙名化。」

「你有沒有想過那個女孩？陳雅貞，她經歷了什麼？她為什麼去看醫生？」

「妳要關心人要做公益團體是妳的事。我無所謂，但妳別規定我怎麼工作。我的工作就是找到那個人渣；妳的工作就是好好告他，告死他，最好是死刑。她失蹤前就是住在醫院，我管他媽是精神病院還是身心科，隨便。那根本就不重──」

周奕璇猛力拍了方向盤，「我的天！你到底有沒有同理心？人家女兒才剛過世！」

車裡的空氣瞬間凝結，陷入一陣靜默。

突然，一輛廂型車尾在前方急停，周奕璇急踩煞車轉開方向盤，車子瞬間向右橫移，她才發現剛剛的時速已經來到了一百二十。李權哲頭撐在窗板上，漠然地看著前方的擋風玻璃，像是剛才撞了車也無所謂。

周奕璇意識到自己失控了。不論是超速，還是她剛剛說的話。

她掙扎了幾秒，最後還是開口。

「抱歉。」

「不用。鄰居到市長，每個人都抱歉。」

李權哲眺望車窗外，遠遠的大樓城景漸漸轉換成不著邊際的休耕稻田，某條田邊的馬路上，白色的那一小點就是他那棟空蕩的透天厝。他拿起小角瓶吞了一口。

「輪迴。」

周奕璇沒有回答，靜靜地開著車。

「妳做很多事，說要保護這個社會，給大家安全的環境──給下一代，給妳的小孩好的環境。」

「但到最後你會發現，這些都只是輪迴的一部分。沒有人會變，社會上那些狗屁破事都不會變。以後，下一個妳會出現，說要改變社會、保護大眾——但其實我們誰都保護不了。」

「我們只是一直在解決有問題的人，然後新的他們又會出現，新的妳也會出現。我們都只是重複循環的一部份。」

「所以一切都只是輪迴。」他乾掉剩下的酒。

太陽沉落天際，車子緩緩駛在陰暗的鄉間小路。車裡再也沒有人說話，他們經過老舊的雜貨店、檳榔攤、藥鋪、修車行。

他們停在一棟三樓高的透天厝前，周奕璇才察覺雨已經停一陣子了，雨刷空刷著。李權哲捏起儀表板上的那一支菸，把它塞回嘴哩，然後打開車門。

「我覺得陳媽媽還有事沒說。」他跨出車子，舉起打火機點燃了菸。

「我們去問些問題，去那間精神病院。」

闔上車門後，他朝著家後門走去。周奕璇搖下車窗。

「明天載你。榮新醫院在西區，我順路。」

李權哲的背影沒有回應，只是緩慢地拖著步伐。

「少喝點。明天見。」

周奕璇稍微提高音量，只見李權哲敷衍地揮了手，身影沒入黑暗。

8

「輪迴。」

周奕璇的嘴唇無聲地複誦，腦中不斷縈繞著李權哲說的那些話。

通往地下停車場的黃色欄杆緩緩升起，一旁警衛室的電視機閃著。臉肉溢出黑框眼鏡的青年一如往常，斜斜躺在舊辦公椅上打瞌睡。小胖，周奕璇第一次問他名字時，他這麼自我介紹：「嘿嘿，叫我小胖就好。大家都叫我小胖。」

比起地檢署的法警，她反而覺得小胖更讓人感到安心，他每天都在用行動證明著這棟大樓的治安也不算太差。

這裡距離地檢署開車要十多分鐘，周奕璇打從一開始就不想住得離辦公室太近。她認為工作是工作，生活是生活；上班是檢察官，下了班她只想要做自己。放假時穿過豐樂公園就有一間咖啡店，附近的春水堂、獨立書店，文心南路最近又開了新的秀泰影城。這些都是她自己的一部分，儘管這份薪水十萬出頭的工作，幾乎讓她失去了那些部分。

她花了一萬五千塊租下這間電梯公寓，對她來說不算太貴。兩房兩廳雙陽台，加上含了管理費，解決了她不想追垃圾車的麻煩，她認為還算值得。和室地板、淺色木紋餐桌、廚房米白色的系統櫃配現代灰的流理台。客廳有IKEA的立燈照亮一角的淺灰色沙發，沙發旁立著一組不規則隔板的書櫃。她將原本房東設計的書房改成衣帽間，主臥就不用放衣櫃，只需要放一張床，上頭包著她習慣的無印良品淺灰色床包。

十萬出的薪水乍聽之下夠多，其實根本無法滿足責任制的檢調工作。如果需要半夜起床去看屍體、熬夜指揮警隊在某個路口等作案人現身的話，至少也要從舒服的家出發，累壞了再倒進柔軟的床。放了假就要在良好的採光中甦醒。

晚上七點半，周奕璇打開家門，將公事包隨手丟在餐桌上，西裝外套丟在最靠門邊的餐桌椅。她快速地解開襯衫、內衣、皮帶、西裝褲，它們一件一件飛上沙發，等待睡前才會重新集合，聚集成堆轉移到洗衣籃。她套上大尺寸的UQ牌的白色素T，長度剛好遮住下半身。鯊魚夾夾起秀長的捲髮，她把冷凍庫中的桂冠牌肉醬義大利麵送進微波爐，然後按了幾個按鍵。

她一有時間就會去超市補充這類的冷凍食品，尤其是最近新出的冷凍海鮮燉飯讓她特別心動。她時常在下班或外勤結束後，餐廳都已經關門。更常的情況則像是今天，即便時間還早，但她真的累壞了，只想趕快回家，也懶得開火。

肉醬麵在微波爐裡旋轉著，她又打開冰箱，拿出因為冬季打折的那手十八天生啤酒。她吃飯很快，麵盒從微波爐出來後到洗碗槽不需十分鐘，倒是啤酒卻喝得特別慢。她本來從書架上取下正在讀第二遍的倪匡，看了一眼後又塞了回去。

她拿出公事包裡的卷宗。

陳雅貞。

周奕璇看著這個女孩的大頭照。女孩長相不算出眾，普通，但乾淨有氣質。畫了一點眉毛，照片上的髮型是中分，看得出來笑得有些僵硬，應該是遵照攝影師的指示。陳媽媽說這是高中的畢業照。

接著周奕璇把幾張現場屍體的照片擺在一旁，左邊的大頭照依然青澀，右邊就是一張雙眼糊爛的屍首。周奕璇吞了口水，她左手拿著啤酒，右手有些畏怯地拿起那張兩隻手臂的獨照。

叮——

門鈴響起，啤酒灑了出來。周奕璇站起身來。

「誰？」

她走到門前，靠上門的貓眼洞看出去。

沒人。

她疑惑地退了一步，心想或許是按錯了。她走到流理台拿起抹布，準備把灑在桌上的啤酒擦乾淨。

叮——

門鈴再度響起。

這次周奕璇先走到客廳，從沙發下抽出一支鋁製短球棒。她再次從貓眼洞望出去，依然沒人。她按下門旁對講機上的紅色按鈕，電話開始播著，她一手握著鋁棒，一手慢慢拉下門把，把門打開。

門口空蕩蕩的，她改以雙手緊握武器的姿態，慢慢地向外探去。

一個高大的身影猛然把她扛起，並朝客廳裡衝。

「新年快樂！」

「幹！找死嗎你？」周奕璇又氣又笑，接著被摔上客廳的沙發。

門旁的對講機通了，裡頭小胖緊張地喊著。

「周小姐！怎麼了嗎！黃先生上樓了嗎？」

「啊！對……沒事！沒事！」

「對對！沒事了！小胖抱歉！」

男人急忙解釋，周奕璇也跟著附和。小胖說了聲晚安便掛了電話。

「妳打算用這個？」

男子用下巴指了鋁棒，周奕璇點了點頭。

「打傷我怎麼辦？可以告妳？」

「正當防衛。我現在開始打你也告不贏。」

「那妳要準備告我強姦了。」男人壓住她的手，周奕璇動彈不得笑著。

「黃偉承你真的有病！」

「我有病？妳醫生還我醫生？我來檢查一下妳有沒有病好了。」

黃偉哲拉起周奕璇的衣服，卻被周奕璇用雙手壓了下來。周奕璇伸出手，用指尖繞著男人後腦杓的髮絲。

他們對視了幾秒。

「不要嗎？」

「要。」

她說完，男人猛力拉下周奕璇的內褲，然後用手撐開她的雙腿，將頭埋進。

周奕璇閉上雙眼，感覺快要窒息。她趕緊伸手，想把沙發旁的窗簾拉起來，可是手又被抓了回來，交握壓在沙發上。一股熱流在她體內流竄，促使她不禁扯著男人的髮根。她意識到自己的雙腿間已經濕潤，她開始解著他的襯衫，身上的衣服被扔到一旁的地上。她的臀部被輕柔的力道抬起，使她轉了一面，她面對沙發，一隻厚實的手鎖上她的肩膀，她感覺到一股力量從後方挺入自己的體內。一遍一遍，她抓緊沙發，然後失去思緒，開始沉溺地聲喘。

直到過了最高的那刻，速度慢了下來。她伸手拉住在他肩膀上的結實的手臂，讓男人躺坐在沙發上，她爬到他身上，她知道哪一刻他會有所反應，她雙臂交抱他的後頸，氣溫很低，她感覺著胸部與他英挺鼻梁之間的汗液。他雙手扶著她的腰際，一陣又一陣的搖晃。突然，他偌大的手掌捧著她的臀部，站起身來將她抱進臥室。

他們在暗黃夜燈的暖光下持續到睡著，醒來又繼續，時睡時醒，直至深夜。

夜裡，周奕璇側裸著身，用指尖輕劃男人的眉尾。

「黃醫師怎麼突然來了？」

「前一個月妳不是有先預約？過年前的診。」黃偉承撐起頭，皺著眉微笑。「我想說妳大概太忙了，忘了來。按照妳上個月安眠藥的吃法，應該是要沒了。」

周奕璇茫然地拉開床頭櫃，三四條印著「悠樂丁」字樣的塑膠藥殼果然都被挖空了。

「過年休診，我幫妳帶了一些。」

「你真好。」

「好到在檢察官面前犯醫師法。」

周奕璇露出曖昧的笑，靜靜地看著眼前的他。淡褐色的眼眸，乾淨的額頭，側至一邊的瀏海已經有幾絲灰白。標緻的五官勾勒起眼角與頰上的一點皺紋，讓在室內工作而偏白的膚色也不會顯得稚嫩。

調來台中後，周奕璇也換了間身心診所。黃偉承是她的醫師，看診第三次時她剛好是最後一個患者，她便邀請他去診所附近的酒吧。

「精神思覺失調。」周奕璇說。

「嗯？」

「說一下思覺失調。」

「我以為我們不聊工作。」

「在酒吧的時候才可以聊？」

黃偉承用兩指搓揉著他下巴的溝痕，周奕璇覺得他在思考的時候很迷人。

「是因為李靜案嗎？」

周奕璇沒有回答，別過頭去，凝望著窗外的夜色。

李靜。

李靜。

當年新聞裡就是念著這個名字。她不知道李靜的樣子，心中卻浮現陳雅貞的臉。

「早上看到新聞了。我才在想說會不會是妳負責那個分屍案，我以為那個警察早就沒做了。辭職了。」男人看著棉被蓋著周奕璇半裸的背，「他怎麼有辦法做得下去？」

周奕璇也不知道。除了李靜冤殺案之外，她覺得自己完全不了解李權哲這個人。

「輪迴。」她呢喃著。

「什麼？」

「沒事。」周奕璇又將身子轉了回來。

「他就是……很悲觀。」

「不能怪他。」

「跟我說說思覺失調。」

「妳跟其他男人做愛完也都聊這些？」

周奕璇露出尷尬的笑容，黃偉承伸手輕撫她的側臉。「妳認真的時候很性感。」她回握他的手背。

「思覺失調。」黃偉承微皺著眉，「主要的病癥是思想紊亂、妄信、幻覺，有些會有說話、表達方面的困難。」

他看著周奕璇專注的眼神，面露些許疲憊，繼續說：「思覺失調並不是都有攻擊性。相反的，他們大部分很安靜、羞怯。」

「這我知道。」

「他們只是有時候會聽見我們聽不見的聲音，有些他們自己也無法理解的想法。」

「所以他們生病的原因是什麼？可以解決嗎？」

「不知道。」

周奕璇愣著。

「沒人知道真正的原因。妳可以去問全世界的精神專家，大家都想知道。但醫生大部分只會說是與心理壓力或遺傳有關，又或是某些對病患而言巨大的創傷事件。但事實上是，無數的科學家與精神研究者都迫切的想要知道真確的原因，我們現在能用藥物控制了，這樣很好，但我們仍然不知道致病的確切因子，無法解決也無法根治，至少現在是這樣。」黃偉承說。

「遺傳嗎？」

「不確定，研究上是每個人都有百分之一的機率會患上思覺失調，如果有家族病史，患病率會更高。」

「沒辦法預防嗎？改變環境？改變……」

「沒辦法。」黃偉承有氣無力地撥弄著他的頭髮。

「有人類存在的一天，就會有這些病症的存在。就算改變社會環境他們還是會存在，我們不能阻止這種病症的出現。至少我們精神科醫師也沒辦法，目前全世界也沒辦法，只能控制。」

黃偉承注意到周奕璇失落的眼神，他輕捧她的臉頰。

「但我們可以準備好怎麼接住他們。當他們來的時候。」

黃偉承的話在周奕璇腦中漸漸飄遠，取而代之的是李權哲在副駕駛座，那疲倦沉鬱的側臉。

他說對了。人不會變，人阻止不了這些事情。李靜離開了，現在又有個二十歲的少女被謀殺分屍。或許就像他說的：我們只是一直在解決有問題的人。

「我們該換個話題。」男人的嗓音再度把她喚回，周奕璇對上他的眼睛。

「你老婆。最近好嗎?」

「真是好話題。」

周奕璇輕握黃偉承的手。

「一樣。每天都差不多。最近換了新的看護,原本的回老家了。我也沒辦法分辨她喜不喜歡新的這個。」

他又更深地回握著她。

「最近跟我的高中同學碰面,他是律師。他說我可以訴請離婚。」

「夫妻之一方,有不治之惡疾,他方得向法院請求離婚。你的確可以。」周奕璇說。

「你們法律真的沒什麼感情。對吧?」

「那是顧及照顧者的權益——」

「我才沒要什麼權益!我愛——」他話沒說完就停了下來,然後嘆一口氣,「跟植物人離婚有什麼意義?根本只是文字遊戲。就算……就算離婚,我還是會繼續照顧她,一輩子。」

「我知道。」她用指尖輕碰黃偉承的嘴唇。「我知道……」

「睡吧。」

「嗯。」

熄燈後過了好久,已經凌晨四點,安眠藥沒能讓她睡著。周奕璇再次側過身來,望著窗外的夜空。她想著心中的那條界線,畫在周奕璇與周檢之間的那條。

9

早上七點，老婆婆在馬路邊掃著家門口的枯枝，看見隔壁的家門前停了一輛沒見過的黑色休旅車。鄰居的電鈴響著，一個女人在門鈴前，不知站了多久。

繼續掃完地上的枯枝，進家門前，老婆婆好奇地盯著那個女人看。修長的身形穿著黑色的休閒西裝，時不時神情憂鬱地望著手錶，看起來優雅卻又嚴肅。那女人轉過頭來，她們四目相接。

老婆婆從容地朝她微笑，點了個頭。女人也以沉穩的笑回應，眼裡透露著些許無奈，像是為自己的打擾感到抱歉。

「妳找阿哲嗎？」

周奕璇尷尬地點頭。

「妳也是警察嗎？」老婆婆溫柔地問。

「不算是……但是一起工作。」

「那妳直接從後門進去呀，門沒有鎖。阿川都直接進去把他挖起來。」

周奕璇有些猶豫，只見老婆婆慈祥地笑著，彎腰收著畚箕和掃把。

「他應該在二樓這間。」老婆婆舉手指了指周奕璇的頭上，馬路邊的陽台。

他在迷霧裡追逐著那個黑影，來到一座陰暗的荒田。那戴著項圈的少女正站在那團霧影裡，兩隻手臂開始慢慢地剝落，然後化為灰燼。當他更往前追近的時候，那少女轉身，一雙潰爛的雙眼突然打開。

「找到我！」

李權哲醒了過來，窗簾拍打著。晨曦穿過威士忌酒瓶透射出小麥色的光澤，在堆滿菸盒的茶几上波光搖曳。李權哲的長髮散亂，身上還穿著昨晚的衣服。他感覺頭痛欲裂，瞥了一眼牆上的木鐘。七點十五。

他一轉頭，看見周奕璇靜靜地站在房門口。

「幹……」他呢喃著，從沙發踉蹌爬起身來。「五分鐘。妳等一下。」

他走出房門與周奕璇擦身而過，然後走向走廊底部的浴室。周奕璇緩緩走進房裡，環視整個房間。

約有十幾坪的寬敞房間，進門後的右手邊是一組兩尺高的書櫃，上頭擺滿各式各樣的書。看得出來有按照類別分，小說在右上方，下方塞著幾卷空白畫紙。各個科目參考書在左上方，而漫畫則在最顯眼的中間位置。書櫃旁擺著一張書桌，是桌面可以發出底光的那種素描桌。素描桌旁的牆上掛了一幅《神隱少女》畫報，是一張紀念分鏡草稿，上頭是千尋的背影，站在湯屋前的紅色拱橋上。

違和的是素描桌上的照片，她一眼就認出了其中一張。是陳雅貞脖子上「項圈」的鑑識特寫照。

房間中央的牆邊擺了一張雙人床，床邊一把吉他直立在架上。床對面是偌大的白色正方衣櫃，大概有二十幾個小方格，擺滿了各種服裝。衣櫃的部分感覺是房間主人的重點項目，看起來精心規劃。光是褲子就分成寬庫、牛仔褲、短褲，上身的洋裝、T-shirt，不同風格的衣物都舒適地聚集在各自的區域。有幾格放了編織竹籃，她猜想會是放內衣褲、襪子。

周奕璇也一直想買這樣的開放式衣櫃，只是她平常太忙，這麼大的衣櫃通常也需要兩三個人一起組裝會比較輕鬆。特別是可以搬重物的父親。衣櫃一旁是同色系的米白化妝台，清新小巧。化妝台上還散落著一些保養品、氣墊粉餅、口紅，都是開架品、年輕的款式，只是現在蒙上了一層灰。

她可以想像這個房間主人的生活，甚至好像可以看見那個女孩正坐在化妝鏡前，反覆確認自己的唇色是否塗得均勻。

落地窗前，擺著一張淺米白色的雙人沙發，深木色的矮茶几，還有一組很有味道的古董裁縫車櫃。茶几上堆著與這個房間性格衝突的七星菸盒和一罐威士忌，周奕璇坐上沙發，往落地窗外看，陽台的牆腳躺著幾包垃圾袋，裝滿捏扁的啤酒罐。陽台的牆上，依然還是菸盒、菸灰缸、酒罐，然後她瞇起眼，看得更仔細些，確認自己沒看錯。

是一把手槍。

牆上放著一把黑色手槍，雖然她不熟悉刑警標配手槍的模樣細節，但她知道公槍不會讓人帶回家。而且她確定，那是一把不明、非公用的款式。

「走了。」

周奕璇回頭，李權哲正綁著他的灰白長髮，髮梢微微濕濡。

車子行駛在七十四號快速道路上，上車以來他們就沒說半句話。李權哲捏著陳雅貞的大頭照，看得入神。

「你晚上都睡沙發？」周奕璇開口。

「我不睡覺。」李權哲將手中的照片拿得更近些，看著陳雅貞完好如初的雙眼。

「累了我就閉上眼睛，然後會再睜開。」

陽台牆上的那把槍像是懸在這車裡，讓周奕璇心神不寧。

「有什麼我需要知道的嗎？」她問。

「什麼。」

李權哲依然盯著手中的照片。周奕璇聽得出來這個「什麼」不是問句，只是聲音上的應和。她吞嚥了一口。

「你有一把槍。」

李權哲將照片放回牛皮紙袋，抽出另一張，是骨瘦如柴的身軀，灼傷的皮膚特寫。

「我說，你有一把槍。」

「嗯。」

「所以我需要注意什麼？」

「不需要。」

周奕璇瞥了他一眼，不自覺地握緊方向盤，車速開始上升。

「聽好了。第一，我不是每次都想跟你吵。第二，我也不想舉發你還什麼的。我甚至不用舉發，直接扣押就好，但我不想。我想辦完這個案子。按照程序；合法地辦好這個案子。

我不管你私下在幹嘛，但你真的要正常點。」

「我很正常。」李權哲面無表情地說，「不然妳告訴我妳私下都在幹嘛。怎樣算正常？」

周奕璇抿著嘴，一時答不上話，這時李權哲的手機震動起來。

「川仔。」他切開擴音。

「大欽，你要的資料有了。林成興，陳雅貞的舅舅，在北屯國中當清潔工的時候因為性侵害、妨害性自主被關。其他的紀錄就一些偷竊、虐待動物的小事。確認過是在國軍醫院過世的，死亡時間是陳雅貞在精神科住院的時候。」

「知道了。」

X-Trail緩緩倒入停車格，榮新醫院的院區幾乎是兩間標準國小校園的規模，他們兩個循著院內地圖走到整座院區的邊界。相別於其他病科大樓的吵雜，他們所在的區域充滿綠樹造景，一團團的一品紅綻放著，讓人忘記現在還是寒冷的冬天，四周格外寧靜。

他們沿著兩側栽滿花圃的人行道，來到一棟獨立的建築物前。淡粉色的漆牆，只有四層樓高，明顯比其他大樓矮了許多，但從左到右的門面卻相當寬闊，佔地甚廣。

「溫馨」可以大致形容這塊小區配上這棟淡粉色大樓的整體樣貌。唯一最不協調的，就是這棟建築的銀色鋼板製門。李權哲抬頭端詳著這座門，感覺厚到子彈也無法穿透，如果十二毫米的霰彈近距離在同個位置連開兩三槍或許還有機會。鋼板門右側的牆上直豎著一張厚實木板，上頭是楷書的筆觸。

精神科

按下電鈴後，鋼板門自動朝著兩側開啟，周奕璇與李權哲對看了一眼，李權哲率先走進門內。

他們進到一個約八坪的小空間，眼前又出現跟剛才一樣的厚鋼板門，一位護士著裝的女人站在門前，一名男警衛從右側的桌椅站起身來，李權哲才察覺這個空間只是警衛的哨崗，他跟周奕璇各自亮出他們的證件。

「周檢察官。李警官。」警衛分別他們握手致意，「程序上可能比較不好意思，要幫你們檢查身上的物品，周檢的話會請我們的護理師協助。」警衛和藹可親的說。

「我沒配槍。」李權哲說，換回警衛尷尬的神情。

「程序。」門前的護理師冷冷地回應，周奕璇與李權哲按照指示將手機、鑰匙放到桌上的盒子裡。

「皮帶。」護理師說。

「什麼？」李權哲問。

「兩位的皮帶。要拆下來。」

「需要這樣嗎？這是在幹嘛？」李權哲露出不耐煩的口氣。

「我們這裡的病患與外訪者都不能攜有皮帶或長繩，這是規定。有長度與韌度的物品，我們擔心造成任何危險的情況。所以這是確保你們跟他們的安全。」

卸下皮帶後，周奕璇的褲子沒什麼滑落，這讓她心情有點複雜。這些程序也讓她開始有些神經緊繃，她偷瞥了李權哲，只見他維持一貫的臭臉，冷冰地直視前方。

第二道門緩緩開啟。

10

「因為比較臨時，之前雅貞的醫師沒有在國內。年假後如果還有需要，你們再另外跟他連絡。」

「好。」周奕璇說。

鋼板門緩緩開啟。

護理師領著他們，一進門，迎面而來的是空曠明亮的大廳，地板鋪滿綿延比鄰的白色方格。李權哲抬頭看才發現這裡其實是個中庭，陽光穿透頂部四層樓高的綠色壓克力拱頂，直直灑落下來。各樓層是環狀結構，中央簍空的層層之間密布著深褐色粗麻繩網。李權哲盯著那一層層的繩網看，猜想大概是要避免樓上的住院患者一躍而下。層網之上，幾個青少年靠在三樓的圍牆盯著他看。

「我們先去護理站填份資料，結束後還要再填一次。等等護理長會再帶你們上樓。」

「護士小姐，不好意思你們這裡面有販賣機嗎?或哪裡買得到咖啡?」周奕璇問。

「請叫我護理師。」

「抱歉，護理師。」周奕璇尷尬地摸摸鼻子。不確定是不是看錯了，她感覺李權哲的嘴角有一瞬間的上揚。

「沒有。」護理師邊走邊說。

「這邊的住院病患禁止食用任何含咖啡因的飲品。奶茶、可樂都算，當然還有咖啡。病患許多是需要服用鎮定和安眠藥的，這些飲品會影響治療與控制的效果。」

「好。沒關係。」昨晚的「操勞」讓周奕璇有些精神不濟。

他們站在護理站前，周奕璇填寫著資料，李權哲仍在掃視著整棟建築內部。

零星的石桌椅散佈在一樓大廳的各處角落，剛剛警衛哨崗貼著每日的家屬訪視時間，他猜想是這些桌椅的功用。周奕璇試著專心填妥資料，可是不論是一樓大廳還是樓上的圍牆邊，她感覺所有的目光似乎都集中在她的背後，她的背脊開始發涼。

咚——

他們嚇了一跳，齊頭轉向聲音的來源。

是鋼琴。

廳堂的中央有一架平台式的傳統鋼琴，一位少年坐在鋼琴前，打開架上的樂譜，開始彈奏起陳奕迅的〈聖誕結〉。

天頂的陽光悄悄落在少年的身上，周奕璇覺得好美。然後她才發現，樓上靠著圍牆的患者們並不是在看著她和李權哲，而是準備聆聽少年的演奏。少年奏起，每個音符都純淨溫柔，琴聲迴盪在層樓之間。

「聖誕夜的時候他們會一群人圍在鋼琴旁的地上，這首歌從十二月彈到現在。大家好像特別喜歡。」護理師說。

「真好。」周奕璇說。

「他們一年四季都只能在這裡面過節。過年也是。」護理師面無表情地說，周奕璇凝望著那架鋼琴與少年。

李權哲從少年身上別開目光，再次環視一樓大廳。他們位在的護理站很像郵局櫃檯的放大版，差別在這裡用的是強化玻璃。病患可以透過櫃台前的小開孔與站內的護理師們拿取物品，玻璃上貼著公用吹風機與梳子的借用方式，李權哲才意識到吹風機的電線與梳子把柄的尖端在這裡都算是危險物品。護理站的門就像外頭大門的迷你版，材質一樣是鋼板，堅固厚重，需要刷工作證才能夠開啟。

「李警官，請簽名。」

李權哲跟周奕璇交換了位置。他站到強化玻璃前往內一看，護理站裡有另一道門，不是通往大廳，而是通往一旁的ＩＣＵ重症病房。ＩＣＵ從大廳的角度看起來像婦產科的新生兒房般，兩塊強化玻璃分別面著大廳也面著護理站內，方便即使在大廳執行業務的護理師也能即時察覺內部的狀況。

ＩＣＵ裡，有些病人在床角上了手銬，有些則拉著點滴自由走動著。這裡無法從大廳或其他處進入，唯一的出入口，便是護理站裡的那道門，同樣的鋼製材質，同樣需要刷證件。李權哲暗暗佩服這裡的戒備，感覺不輸監獄的森嚴。

「護理站這邊是急重症病房，對面就是普通病房，可以自由活動。通常是年紀比較大或是心智年齡上比較需要被照顧的患者會住在一樓。狀況輕微的就會住在樓上。」護理師解說道。

「那怎樣的情況會住進ＩＣＵ？」周奕璇瞥了一眼身旁的強化玻璃。

這時一位身形魁梧的男人從護理站的門走出來。

「不穩定、攻擊、自殘，或是干擾到其他病患。一部分人是有狀況臨時住進來，另一些則是需要長住在ＩＣＵ裡。」他向周奕璇、李權哲握手。

「周檢，李警官。我是這裡的護理長。」

大約一百九十公分高，黑框眼鏡、雄性禿明顯。不知道是不是因為業務繁忙，似乎也完全沒整理頂上所剩無幾的幾撮頭髮。

「我帶你們上樓。」

每層樓都是長方形的結構，單層樓的圍牆都以一圈花圃圍成。他們走到二樓，經過今天不知道是第幾扇同樣的鋼板製門。

「我們直接上三樓。二樓是身心科醫師們的辦公室，還有諮商師作心理晤談的空間。」

三樓的梯口沒有門，只放了一台飲水機。護理長領著他們沿著三樓的長廊走著，經過一間一間的病房。

突然，兩三個人迎面衝來，他們與周奕璇擦身而過，嚇得她停下腳步。

「這樓都是病房，他們會繞圈晨跑。我們也鼓勵他們在房間裡面做一些瑜珈類的靜態運動。只要安全就好。」護理長繼續說，「一般來說，顧慮到病患的隱私，我們應該要在二樓的晤談室。但她不太願意離開房間，你們要找的那孩子，所以只好破例讓你們到病房。」

「她很抗拒？」周奕璇問。

「還好，可能是怕去二樓或晤談室之類的會被其他病友關注吧。」護理長邊說，藏不住警戒地瞄了李權哲一眼。

也是，誰看到李權哲的樣子都會抗拒。**我目前就在抗拒。**周奕璇心想。

他們穿過叢叢人群與目光，有些人慢跑著，有些靠在圍牆上閒聊，有些則笑著尾隨在他們三公尺之後，議論紛紛。這讓周奕璇覺得不太舒服，雖然殿後的是李權哲，那張臉大概也沒人敢靠近三尺之內。

李權哲走著，他經過剛才在樓下時與這層樓病患的目光交接處。他也試著朝剛剛他在樓下的位置望去，視線還沒集中到一樓，便對焦在觸手可及的麻繩結網。「真的有人會想從這跳下去？」李權哲心想，但沒問出口。他覺得用子彈還是無痛得多。

他們來到最角落的病房，門是開著的，護理長先請他們先在外面稍等。李權哲感覺到整層三樓聚集而來的視線。

「小玲。」護理長敲了敲門板，「這裡有位姐姐和叔叔需要問你一些問題。」

周奕璇好久沒聽到「姐姐」這個稱謂了，還在暗自竊喜時，護理長就轉頭向他們示意，請他們走進房間。李權哲很順手地關起門，瞬間隔離掉長廊上十幾個探頭探腦。

病床的背靠直立著，床上的女孩手中捧著一本小說讀著，是東野圭吾《人魚沉睡的家》，她頭也沒抬一下。周奕璇拉了張椅子到病床旁坐下，她覺得眼前這個女孩比她知道的十九歲看起來還要更小。

「采玲，對嗎？」

周奕璇溫柔地看著女孩。她沒有回應，只是瞳孔向上瞟一眼便又翻了下一頁。周奕璇回頭看了李權哲，只見他臉更臭了，雙手交抱靠在病房牆上。

「采玲，我們需要妳幫忙。前年妳跟雅貞住過同一間病房，你們要好嗎？」周奕璇問。

女孩闔起書本，幾乎是旁人聽不見的微小音量：「沒特別好。」她瞥了一眼李權哲，似乎被他的銳利的眼神盯著很不安。

「問她幹嘛？」

「我們只是想從妳這邊了解一些她的狀況。我們只知道她很安靜，不太說話。」周奕璇說。

謝采玲閃過一個怪異的表情，在難以察覺的瞬間。但李權哲注意到了。

「那就是你們知道的這樣。」

周奕璇又疑惑地問：「沒有其他的嗎？任何其他她住在這裡的事都可以。」

「沒什麼好說的。」女孩冷冷回應，「不管她幹嘛去了，都跟我沒關係。」

「妳如果知道什麼，最好還是說出來。」一旁的李權哲終於開口。

「我有權利不跟你們說話吧。」

「妳是有權利——」周奕璇話沒說完，就被李權哲打斷。

「陳雅貞死了。」

「她死得很慘。所以，」李權哲也拉了一張椅子，「妳最好有話快說。」

女孩的神情在一瞬間僵住，驚恐的眼珠開始不安地晃動著。

「她怎麼了？」

「被分——」

「喂！」周奕璇斥道，李權哲停了下來，然後又開口。

「總之不要浪費我們的時間。」

女孩的嗓子發顫，「我沒很喜歡她……只偶爾聊過幾句。雖然住同一房，我都在在看自己的書，真的！」

「看來妳不太了解妳室友。那沒事了。」李權哲準備站起身來。

突然，周奕璇看見女孩的神情從驚恐變成憤怒。

「你們才什麼都不了解。」

「什麼？」李權哲問。

「她根本就不安靜！我常看她跟其他房的玩在一起，都是她在說話！」

「她都說些什麼？」

「不知道！我剛說了，我沒跟他們一起！」女孩大力的甩開周奕璇原本碰著的手，護理長走到病床另一邊。「小玲，放輕鬆。」

「我們需要妳好好的想一想。」周奕璇仍溫柔地問，「有關她的任何事。任何事都可以。對我們來說很重要，我們要抓到傷害她的人。」

「好……」女孩深吸一口氣。「我想想。」

「有時候晚上在等衣服烘乾的時候，我會跟其他房的病友聊天。畢竟你還是得等衣服烘完，對吧？遇到人總不能十分鐘都不說話吧。」女孩調整了一下自己的身子，「總而言之，其他的病友提到她好像都是關於她媽媽的傳言，不然就是男朋友或餵貓之類的小事而已。」

「什麼傳言？」周奕璇問。

女孩有點警戒地看向護理長，然後護理長露出「沒關係」的表情。

「她媽媽什麼傳言？」李權哲重複了一次問題。

「保險金的事。」女孩說：「她媽媽為了領醫療的保險金所以把她丟進來。」

「其他人亂傳的嗎？」周奕璇想到陳媽媽哭腫的雙眼。

「不是！是雅貞說的！她自己跟其他病友說的。說她是被媽媽硬送進來的，因為要領醫療保險。」

李權哲看了周奕璇一眼，顯然她不相信。

「雅貞只住了五個月。」女孩繼續說。

「然後呢？」李權哲問。

「健保只給付五個月的住院期呀！五個月後要再評估一次，時間到她就出院了。大家都知道。」

護理長露出訝異的神情，似乎對於病患間知道這種事很衝擊，然後周奕璇開口反駁。

「這樣也不代表她媽媽就是想把她送進來領保險金呀！說不定雅貞的病好了——」

「我們的病才不會好。」女孩打斷她。

「我們只是吃藥，頭腦變得遲鈍，就不會去亂想而已。」

病房裡一陣沉默。

「總之這樣是賺吧。」女孩又開口，「而且我只是重述雅貞自己說的，我只想表達你們根本不了解她。」

「妳剛剛說她有男朋友。」李權哲說。

「這我知道。」一旁的護理長回答，「有個年輕人每天的探訪時間都會來找雅貞。」

「陳媽媽知道嗎？」周奕璇問。

「當然知道。我們這邊除了家屬以外，探訪人都是需要經過法定負責人簽名同意的。」

「陳媽媽完全沒提到雅貞有男朋友。」李權哲說。

「應該是不了解他們之間的關係吧。」護理長道，與小玲互看了一眼，「住在這裡已經很孤單，有朋友願意來看就很值得珍惜了。大部分的家長都會同意有其他人來探望他們住在這裡的小孩、父母或爺爺奶奶。況且，」護理長停了一下，「我記得陳媽媽其實很少來醫院。」

陳媽媽說雅貞沒朋友，卻忘了每週來醫院探望雅貞的人？李權哲思考著，想到那天陳媽媽臉上一瞬間的奇怪神情。

「陳媽媽很少來？」周奕璇問。

「剛開始大概一週兩三天。」護理長仰起頭想著，「後面變成一整個月來不到三四次，甚至有連續幾個禮拜都沒來。」

李權哲疑惑地瞇起眼睛，看著護理長繼續說著。

「其實都那麼久以前的事了。我會有印象是因為我看過很多的家屬，都是至少經過更長一段時間，才開始比較少來看家人。但雅貞才剛進來沒多久，陳媽媽就不太來醫院了。」

「所以她其實不太想念她女兒。」李權哲說，低頭思考著。

周奕璇沒有繼續追問，她也不知道該從何問起。陳媽媽口中的陳雅貞、醫院裡的陳雅貞、昨天的陳媽媽、現在知道的陳媽媽，聽起來好像都是不同的人。

「那個年輕人好像是醫學系的喔，雅貞的男朋友。讀中山醫還中國醫的樣子……」護理長搔著他的下巴想著。

醫學系。

周奕璇和李權哲迅速對看了一眼，兩個人都想著法醫的話。解剖室裡，被縫合的胸膛與被摘除的手臂。

「有他的資料嗎？」他們幾乎一口同聲的問。

「有，當然。電話、住址、連身分證號都有，我們這邊可不是隨便就可以進來的地方。不過要找一下，畢竟是兩年多前，但一定還在的。」護理長似乎也嗅到李權哲與周奕璇的肅殺。

「你們可以去問小潔。」女孩突然開口。

「小潔？」周奕璇問。

「我們的另一個室友，那時候我、雅貞、潔心三個人住同一間房。雅貞男朋友來的時候，潔心會跟他們一起在大廳吃飯。」

「她人在哪？出院了嗎？」李權哲問。

「ＩＣＵ。」護理長的臉色沉了下來，「她在ＩＣＵ裡面，兩天前進去的。」

他們兩個忽然沉默。

兩天前。兩天前就是他們在烏山發現陳雅貞屍體的那天，李權哲想著，他注意到周奕璇在刻意抑制著飄忽不定的眼神。李權哲開口。

「那得請她出來了。」

11

諮商室裡，暖色調的內裝潢、小桌燈與白色沙發，氣氛與外頭一路走來的長廊、護理站相比格外輕鬆。溫暖、平靜，感覺任何人都可以在這裡輕易地向諮商師吐露心事。

周奕璇在沙發上坐了下來，試著讓自己的腦袋繼續運轉。陳媽媽似乎有所隱瞞，可是加上小玲對雅貞的描述，只是讓周奕璇腦袋更揪成一團，然後她決定暫停梳理這些千頭萬緒。她好睏。

李權哲站在諮商室門外的走廊上，再次探出二樓的圍牆，朝下往一樓的強化玻璃望去。護理長將一位女孩從ＩＣＵ帶進護理站，再從護理站帶出大廳。

那感覺又來了，李權哲緊壓著太陽穴。

李權哲再睜開眼，一樓強化玻璃上的ＩＣＵ字樣已經無法對焦。玻璃內，一個戴著手銬的身影模糊，但又似曾相識。一定是搞錯了，一定是。他猛然抬頭，那原是壓克力的圓拱屋頂已經變成黑暗海面上的巨大漩渦，不停地旋轉、擴張。

然後那張臉出現在那個大洞。

「找到我！」

李權哲向後跌了一步。

他踩住重心，轉身走向樓梯，想到一樓去確認那個身影，卻在樓梯口撞見護理長與那位小女孩。

「李警官，這是小潔。」護理長說。

李權哲茫然站住，點了頭，他的鼻子噴著氣。

「李警官，你還好嗎？」護理長問。

女孩被護理長牽在一旁，眼神空洞，像是玻璃櫃裡的洋娃娃。

「沒事。」李權哲說，「我們上去。」

他們回到諮商室內，護理長把門帶上，先把小女孩擱在門外。

「如果她等一下有任何反應過度，我會中止你們的談話。請見諒。」

「當然。」周奕璇起身，讓出沙發的位置。

小女孩抱著兔子形狀的布玩偶坐在沙發上，她的臉渾圓白皙，眼睛眨呀眨地望著前方的空無。她看起來不到十四歲。

「小潔。」周奕璇問，「妳認識雅貞嗎？」

小女孩轉過頭來，面無表情地盯著她看。一旁的李權哲無奈地搔頭，周奕璇沒理會他，伸手從檔案夾取出陳雅貞的大頭照，平擺在女孩面前。

「雅貞呀！陳雅貞。還有跟你們一起吃飯的男生呀。」周奕璇刻意微微拉高音調。

女孩低下頭看著那張照片，突然，她睜大眼睛，從周奕璇的手中扯過照片。

周奕璇一瞬間嚇到了，她鎮定下來，看著女孩將照片緊緊地捏在手裡，目不轉睛地盯著它。小女孩的嘴角上揚，周奕璇後頸的寒毛沒緣由地直豎起來。

「小貞……」小女孩說話了。

「對，雅貞。」周奕璇緊接著問：「跟你和雅貞一起吃飯的男生，他是怎麼樣的人？」

「小貞……」女孩咕噥著，周奕璇看著那手裡的照片被捏得越來越皺。

「他是雅貞的男朋友嗎？記得嗎？」

「小貞……」

李權哲與護理長對看了一眼，只見護理長搖著頭。

「阿民……和小貞……」

阿民。周奕璇輕握女孩的手。

「是阿民嗎？那個男生的名字嗎？」

「我想找小貞……」女孩突然抓住周奕璇的手臂，開始劇烈地扯著，周奕璇感覺到痛。

護理長走過來，用力支開他們。

「我要小貞！」女孩開始尖叫，胡亂踹動，護理長緊緊抱著她，周奕璇想上前幫忙，卻被李權哲拉住。「我們在浪費時間。她根本沒辦法好好回——」

女孩嚎啕大叫著。

「二樓諮商室支援！」護理長壓下沙發旁的緊急鈴。

「我要小貞！我要小貞！我——」

「陳雅貞不在了！」李權哲將女孩手上的照片扯回來，「她死了！聽得懂嗎？妳永遠找不到她了。」

女孩突然安靜了。

——**找到我。**

又出現了。那聲音扯著一股疼痛灌上李權哲的腦門。

李權哲把照片遞到周奕璇手中，轉身要離開混亂的現場，他的頭越來越痛。就在正要跨出門的時候，小潔突然開口。

「閻羅王。」

李權哲緩緩轉過身來。

小潔的臉怪異地扭曲著，周奕璇不穩地站起身來，向後退了一步。

「閻羅……王。」

「什麼閻羅王？」李權哲跪到小潔身邊，他瞪著她，小潔雙眼盯著他看，全場屏住氣息。

「阿民說……小貞……會去找閻羅王……」小潔抖著唇。

「阿民是那男的嗎？閻羅王是誰？他說小貞要去找誰！講清楚！」李權哲抓著她的肩膀喊道，小潔害怕地往後縮著。

「閻羅王！」

她失控了。

「我不要找閻羅王！」

她尖叫，抓著沙發往後退，像是在李權哲臉上看見了什麼。此時幾個護理師撞開門把她架了起來，他們訓練有素地如蝗蟲過境般，還沒回神，現場就只剩周奕璇和李權哲兩個人了。

空氣中懸著一股低壓，門半開著。他們知道該離開了。周奕璇起身走出諮商室，李權哲緩慢跟了出去。他們回到一樓的護理站前填寫資料，周奕璇填妥後轉將筆轉交給李權哲，前後交換了位置。

這時大廳的廣播響起。成群結隊的病患開始從樓梯口出現，住在一樓病房的患者也都集合到大廳門前，病患們陸續排成幾條縱隊。

「今天是他們兩週一次出去採買的時間。會有護理師帶隊，帶他們到外面院區的福利社買允許的零食或飲品。」護理長說。

少數兩三個ＩＣＵ的病患也從護理站被帶了出來，經過周奕璇身旁，然後慢慢走向隊伍。周奕璇的眼光突然瞄準一張側臉，但那張面熟的臉孔隨即又轉為背影。她努力想著她在哪裡看過這張臉，卻仍然想不起來。

突然，她的視線裡多了一個背影。是李權哲，他正走向那個男人。

她想起來了。

她知道她在哪裡看過那張臉。現在，她應該要衝上前去攔住李權哲，她知道自己必須要這麼做，而且她還來得及。

但她沒有。

她的身體像是被凍結般站在原地，然後她的眼眶變得灼熱，耳壓攀升，四周環境的聲音開始變得失真、緩慢。

她視線模糊，許多人影在她眼前快速移動，然後她看見李權哲拖著那男人，拽著他的頭髮，接著一擊重拳打上那人的鼻梁。那人倒在地板，地上有血。一切如此緩慢得好不真實。

「我幹你媽的！」

「幹！」

李權哲吼著，瘋了似地揮著拳，周奕璇的音場與視線才又恢復清晰。正當李權哲再度勾起手臂，所有的護理師撲上前去支開他們。周奕璇擦掉眼角上的淚水，她知道。她知道他們毀了。這個案子也毀了。

周奕璇在網路新聞上看過那張臉，李靜案。他就是拿刀捅死李靜的那個人。

那時當李權哲揮出第一拳的時候，全世界都恢復記憶了。護理師們都記起這個被判了監護五年，並在榮新醫院精神科關了第三年的男人。現場沒有任何人報警，只是將那個人帶回護理站包紮，而李權哲被三四個男護理師架著，硬是拖出了大門外。

※　※　※

結束了嗎？

周奕璇窩在家裡的沙發上，半張臉縮在毯子裡。

事發後她把李權哲送回家。車子穿過台灣大道，開上七十四號高架道路，下了往高鐵的匝道駛在烏山的鄉間小路上，他們都沒講半句話。傷害罪是告訴乃論，需要被傷害者主動提出告訴才會進入偵查程序。以那個男人的狀況沒辦法提出告訴，需要法定代理人，但新聞上說他的父母都已經跟他斷絕聯絡。李權哲會沒事。醫院方無法提出告訴，而且他們也明顯不想。

「全世界都很抱歉。」

李權哲的話在耳邊迴盪著。大廳的現場沒人報警，民意已經充分展現。或許明天就會有新聞，或許也不會有；但確定的是檢察長會知道，刑大局長也會知道，李權哲大概會被調離這個案子。

太陽下山後已經過了三個小時，周奕璇才點亮客廳的立燈，阻止自己繼續埋沒在黑暗裡想著那些毫無意義的法條。她最清楚這些。她自認分得清楚是非，分得清楚對錯。李權哲是錯的，她知道。她明明知道，卻又是全場第一個閉起一隻眼的人。

她靜不下來。周奕璇從沙發起身，走到衣帽間裡換上風衣、手套，然後抓起門邊的全罩式安全帽。公寓的暖燈再度熄滅。

深夜，七十四號高架道路上，一道黑影風馳而過。那輛台崎重機奔在最內線的車道，時速已經來到了一百三十公里。

每當這一刻，她可以感覺到自己是誰。她不只是那個在外線道遵守速限的周奕璇。她的心，能夠伴隨著時速持續上升，起舞。

一百三十五，一百四十，一百四十五。

12

一百一十公里，一輛污白的 Camry 飆過鄉間的產業道路，最後在路口的底端急踩煞車，右轉衝上南方的山路。擋風玻璃前，車燈照著漆黑濕滑的路面疾速晃動。

你——找到我。

「你他媽誰啊！」

「出來啊！」

夜路陰暗顛簸，李權哲操著方向盤，伸手拉開副駕駛座前的抽屜，裏頭的酒瓶與手槍隨著震盪甩到副駕駛座上，他撈起槍，把它重重地摔上儀表板。瓶口堵著他的嘴角，威士忌胡亂流淌在他的身上。他的眼睛脹著紅絲，目不轉睛地盯著前方的黑影，然後更深地踩下油門，加速追隨著祂。

「你還想不想退休啊？」

深夜，手機一接起來就是局長的劈頭喝斥，沒等第二句話出來，李權哲就把電話掛了。酒瓶空了，但他的頭依然痛到不行，然後他又聽見了。那他媽該死的聲音。

「你。找到我。」

他拉開裁縫車櫃，三四包菸、威士忌、改造手槍，把它們全往身上塞，坐上駕駛座朝著烏山開去。他要終結這一切。

雷聲轟隆地響，東北季風捧著暴雨砸上他的擋風玻璃。視線開始被遮擋得看不見前方，但那隻腳依然沒有從油門上鬆開，越來越快，越來越快，然後——碰！

車子一頭撞上路邊的電線桿，劇烈的衝擊讓李權哲的眼前瞬間一片黑暗，昏了過去。

「咳……」

癱在方向盤上，李權哲微微睜開眼睛。擋風玻璃前的大雨正澆著扭曲變形的引擎蓋，冒著濃濃白煙。他吃力地伸手撈起掉那把掉在底座的槍，門打不開，他勉強勾著門把，用最後的力氣撞開車門，跌在路上，被大雨澆灌著。

他撐起身子，額頭上的血與淋濕的髮絲劃過他的臉龐，他一跛一跛地走著。他穿越山路，跨進荒田，一步步使力邁進，最後來到陳雅貞屍體被丟棄的那個窟窿。

你。

「出來！」他舉起槍。

找到我。

砰——

槍響瞬間穿過整座荒田，隨即又被滂沱的雨聲吞噬。他再次舉槍。

你。

這一次，他對準了自己的太陽穴。

找到我。

他的心臟震動了。

他的左胸口袋發著光，手機震動著。還來不及低頭咒罵，他就被呼嘯而過的警笛聲吸走目光。他緩緩轉向背後，兩輛警車濺起路面的水花，紅藍色的轉燈一閃即逝，趕往烏山的更深處。

左胸口持續震動著，他抽出手機，上頭顯示的是那煩人檢察官的名字。他接過電話，報了位置，周奕璇派來的警車不到十分鐘就抵達了。他坐上車，駕駛警員不發一語，朝著剛才那兩輛警車前往的方向長驅直入。

雨勢轉弱，逐漸變成綿密的夜雨。凌晨十二點半，他們減速經過了兩輛在路邊閃著警示燈的警車，停在最靠近前方的位置。李權哲跨下車，察覺這裡是另一塊更大的荒地，荒地底端也是山崖，山崖外，城市的燈火已經熄滅。他掃視著人群散落在荒地各處，看見其中一處是阿川和周奕璇的背影，四周的警犬狂吠著。

「哲哥。」常在櫃檯打手遊的菜鳥手拉著封鎖線，繞過李權哲。

「這是怎樣？」

「不知道，我才剛到。」

「帶警犬來幹嘛？」

「川哥要的。剛剛我們又多帶了一隻來。」

菜鳥拉著封鎖線離去，剛才駕駛警車的派出所員警遞了一把傘，李權哲揮手拒絕。他低身越過封鎖線，朝阿川的方向走去。

「你怎麼全身都血？」阿川狐疑地問，李權哲這才發現他的手臂上也都沾滿紅污。

「犁田。」

「剛通報的，他們那幾個。」阿川遠遠指著站在荒地另一處的派出所員警們。

「說是動保團今天下午報的案，他們來看完後覺得要讓我們看一下。媽的早不弄，現在都幾點了。」

「動保？」李權哲不理解，轉而看向周奕璇，只見她低著頭沒說話，徬徨的眼神直盯著前方地面。李權哲順著她的目光看去。

他心頭一緊，立刻明白周奕璇的恐懼，同時又不明白自己看到了什麼。窟窿裡，開著兩個木盒，裏頭躺著兩具小型的白骨。

兩具白骨都缺了雙臂。

他蹲下來看得更仔細些。那不是人，是兩具動物的屍骨。

「他們說是貓。」

「誰說？」

「派出所說動保的稽查隊說。」阿川回答。

「媽的到底誰在說，為什麼那麼複雜？動保怎麼報這個案子的？」

「好像說是有人發現後就通報動保處，動保處再呈報給烏山派出所，但好像都沒來處理。最後來看的那個派出所的警員就想到離這很近的分屍案，就馬上打給我們了。不知道，之後再重新問清楚。」

阿川用手電筒照著兩具白骨，李權哲注意到身旁周奕璇還沒回神，心想她也表現得太嚴重了。

「所以就這兩隻嗎？兩隻缺手臂的貓。」李權哲問。

「十九隻。」

「什麼？」

阿川指了指，李權哲環顧四周，各處的員警們在吠叫的警犬旁用力地鏟著地面。

「這裡又有了！」遠處的人舉手喊著。

「二十。加上現在這具就是第——」阿川還沒說完，另一處的員警又大聲地通報了第二十一具遺骸。

「媽的真的是瘋子……瘋子！」阿川邊罵邊朝著遠處的警犬走離開去。

這塊荒地距離陳雅貞棄屍處不到五公里，李權哲知道，如果不是這些屍體埋在這片土裡不知過了多少時間已經腐化；他們或許會再次看到跟陳雅貞身上相同的傷痕：潰爛的雙眼、被切開的胸膛、布滿全身的灼傷。

你。找到我。

耳鳴襲來，他看向周奕璇，只見她恍惚地望著夜空。李權哲隨她的視線抬起頭來。他們仰望無垠的蒼穹，看不見一粒星光。

第二部

13

人的一生，無時無刻都在選擇。選擇你相信的事。

幾分鐘前我就做了一個，所以現在我的手染滿鮮血。我抱著一隻黑狗，踢開第二診間的門。

「Amputation，現在。」

我抱著牠撞進手術室，護理師已經站在裡頭全副武裝。我把狗交到她手上，剛才二診的醫生也已經來到我的身旁，跟我同時進行消毒。

「快。」

消毒的時間，我的腦子持續運轉著，思考接下來的選擇，站在我身邊的她也是。她是一位經驗豐富的醫生，我知道我們會有相同的決定。

「確認一下，一樣先鎮痛，Propofol，再給 Iso 對嗎？」她開口。

「對。」

我們轉過身去，護理師已經準備好點滴。

從整件事從發生到現在還不到十分鐘。我注意到的時候，一輛黑色轎車斜停在黎明大業路口的中央。一隻黑狗倒在車頭旁，而我就正站在斑馬線前，等著人形號誌。

整個路口喇叭聲開始響個不停。但沒等小綠人亮起，我就闖過斑馬線，我高舉著手讓自己可以被左側堵住的車龍看見。快要接近事故現場時，我幾乎可以確定躺在地上的牠是開放性骨折，一支白骨穿出了牠的左腿。

「剛剛綠燈欸！合法吧！不是我的問題吧？」

車主忙著跟路口前來關心的85°C店員對質著，但現在不是聽他們討論合法對錯的時候。我從包裡拿出小摺疊傘，接著抽開腰上的皮帶，把牠分離的小腿固定起來。然後我從地上抱起牠，奔向我的診所。

牠可能需要截肢，從上肢截，避免之後依賴半肢走路造成舊傷負擔。如果從軟骨下手，術後也比較不會那麼痛。

我跟江醫師要先替牠上鎮定和止痛劑，注射麻醉誘導劑後有一分鐘的時間可以插管到嘴裡開始氣體麻醉。我有一百多分鐘的時間完成這個手術，但最好控制在一百三十分鐘左右會最安全。

除了現在緊急的血檢之外，我和牠素昧平生。

我們第一次見面，我不了解現在正躺在手術台上的牠，牠去過哪裡？又來自哪裡？但其實牠也跟來這醫院的其他孩子差不了多少。家長帶著你們來，見了三四次，做了幾個必要的術前檢測。我掌握了你們身上的所有數值、器官的狀態、血液的組成，甚至心臟跳動的頻率；然而到了手術台上，我還是必須直接面對你們真實的樣子，觀察你們的身體狀態，試著理解你們現在需要什麼。

數字能告訴我一些事情。但其實我只要看著你們的眼睛，觸摸你們，我就能知道你們是不是正在痛著。

有的時候我們並沒有那麼多的時間互相認識，例如現在，我只能希望你暫時勇敢一下。當然，你們都很勇敢。如果心肺可以應付，沒有其他意外，如果手術順利的話，那就暫時叫你Lucky（雖然很沒創意），不過就當作是先跟你借了一些運氣。

一百二十分鐘後，Lucky的手術順利完成了。

我們將牠轉移到二樓的住院區休養，幫牠吊了點滴。有些狗在截肢手術後的隔天就可以活動自如；真好，我每一次都會對這種生物天生的自癒能力感到敬佩。這種感覺很棒，感覺到牠一點一滴地在生活中痊癒，感覺我們真的替牠做了對的選擇；或許是必要之惡，但看得出來牠們變得健康、快樂。希望Lucky也會是這樣，畢竟牠是黑狗：生命力最頑強的那種米克斯。總不能丟牠們的臉嘛！

手術後，江翊寧回到她的診間，她的門診終於在下午五點多鐘休診。按照慣例，她會去便利商店隨便帶個雞肉沙拉，據她所說是戒澱粉飲食控制，然後在路口85°C外的桌椅抽一支寶亨涼菸，六點前又會回來提早開始她的晚診。她的至理名言——減肥兼救命。

「小黑哪來的？」江翊寧問。

「黎明路口被車撞到，我剛好在等斑馬線。」

「被車撞還有獸醫院長在等過馬路？我看牠是年度幸運兒。」

「我到的時候他們還在吵有沒有違規。我的天，沒人想到應該先送牠去附近的獸醫院。」

「那就算你的不對了。沒幫我們的醫院用心打廣告。」

「哈。沒錯。」

江翊寧推開玻璃門走了出去，我喜歡江醫師很大一部分是她的幽默感，時常可以緩解家長們對毛小孩病情的擔憂。她是我的獸醫團隊裡最資深（比我多三年），也是最高薪的醫生，她的敬業和醫術值得那份薪水。

我開始收拾東西準備離開，今天我只排了下午的班，手術一結束便繼續開診直到五點。幸好原定晚上的摺耳貓研討會延期，因為我今天累壞了。

護理師走上前，準備將「休診中」吊牌往外翻。突然，一名女子出現在門外。

那女子看起來大概是中年，深褐色的短捲髮，戴著安全帽和黑布口罩，只露出一雙眼。她的手裡提著一個鐵籠，就這樣愣在門外與護理師四目相接。護理師主動打開門來，她看了那籠子後猛然回頭看著我，但我想我們的表情大概是差不多。

「你們可以救牠嗎？」

那女子的聲音發顫，動作僵硬，似乎很害怕。我沒回答她，目光還停留在那籠子裡。是一隻賓士貓，牠戴著項圈，看起來狀況非常不好。牠的兩隻眼睛都受傷了，但我很少看過那樣的傷口，白色混濁的眼睛像是溶化。是皰疹病毒嗎？看起來又不像，比較像是外力造成。我稍微往前一步，走出櫃檯，那女子反而警戒地向後退了一步。

「你們可以救牠嗎？」她站在診所外頭，再問了一次。

「可以，但我需要檢查才知道怎麼做。」

事實上我真的好累，累到有些無法思考。如果江醫師還在的話，或許我也不會多看，直接轉交給她處理。但我馬上注意到事情似乎不太對勁。

籠子裡的那賓士貓，除了眼睛的詭異潰爛外，牠的雙肢都流著血。與剛剛的 Lucky 不同，這隻賓士貓的前腿是鋸齒的夾痕，是捕獸夾嗎？牠身上許多處的毛都沒了，還遍布著塊狀的傷痕，看起來像是燙——是灼傷？很少有這些傷口出現在我們這種家寵診所，我認為那些傷口不太正常。

「妳先登記一下姓名，我們馬上幫牠檢查。好嗎？」

我小心地說，走上前想取過那女子手中的鐵籠，沒料到她又向後一縮，驚愣了幾秒，接著往一旁的大路口衝去。

「喂！」

我追了出去，只見她在轉角處騎上機車，隨即消失在車流裡。

「有看到車牌嗎？」護理師問。

「沒有，但我們的監視器有拍到人吧？」

「照理說有，只是她戴著口罩也看不到臉。需要通報嗎？」

「怎麼報？我們連她是誰都不知道。」

「你有看到牠的眼睛嗎？」

「有。」

「是被虐待吧？那隻貓。」

「我覺得是。」

我跟護理師站在櫃檯沉默了好一會兒，像在強震過後等待著下一波餘震的來臨。

「妳先去買飯吧，晚診要開始了。」

「好……院長再見。」

我走出診所，在步行回家的過程中才漸漸放鬆下來，傍晚的黎明新村總是可以撫慰一整天的勞累。

我沿著大業路往西走，然後在碰到干城街時左轉。晚霞一下子從我的身後湧上肩來，把影子的輪廓拉長，輪廓的邊際在人行道上波光粼粼。而當我轉過身去，那夕光又會像一把火，把干城街兩排的行道樹燒成一片火紅。

他們說黎明新村是舊政府的公部門住宅，所以才幾乎都是不超過三層樓的獨立小屋，因此不會遮擋清晨和向晚的陽光。雖然名叫黎明，但我認為它的日落更美，干城街可以稱作我心中的日落大道。

日落大道繞著整個黎明社區，圈起一團橢圓形。夕陽餘暉灑在圖書館、網球場、青綠的草皮上。八年前，那時我還只是這附近動物醫院的菜鳥醫生，然後一眨眼，當我注意到的時候，我就已經被這裡的日落留了下來。

這個社區雖然位於繁華的南屯區，距離台中歌劇院、七期高級住宅區不到十分鐘，可是它卻像世外桃源般靜靜地座落在這座喧囂的城市之中，徐徐散放著純樸的香氣。小路旁的郵局、清晨與黃昏的菜市場、民宅式的咖啡店，公園的籃球場旁就有一間派出所，大家輕輕地、毫不著急地生活著。

這個社區不需要倚賴城市多餘的機能，就可以遺世而獨立。我也是住在這個社區後，才真正體驗到「純粹散步」也可以是個活動。

走在干城街上，他們在春季無風的日子與孩子打羽球，在夏季南風撥弄著鳳凰木時放風箏。我在小路口轉了個彎，走向街角的小冰店，店裡的那張舊課桌椅一坐就是八年。

「二姐！」

「今天比較晚喔！快！快看你們爸爸今天又帶什麼好料的！」二姐蹲在冰店前，一群貓圍在她身邊。

這間小冰店名為「二姐的店」，冰店的對面就是社區活動中心。活動中心占地遼闊，四方門外各有小階梯和屋簷，大概是因為遮風避雨、冬暖夏涼，黎明社區的流浪貓常常聚集在這。更何況，對面的冰店阿姨每天都會進貢美食。

我在二姐身旁蹲了下來，從包裡拿出診所帶回來的罐頭和飼料。大橘從二姐的腳邊竄到我的身旁。

「唉呀！你最現實！」二姐拍著大橘的屁股。

「八年都一個樣！」我把罐頭倒在鐵碗裡。

雖然這間冰店的黑糖剉冰太水又不甜，但第一次坐在這裡吃冰時，我看見二姐拿出一大包自己在大賣場買的打折飼料，餵著這附近的流浪貓。那時我想，剉冰不甜的話或許也比較健康。

大概是讀大學的時候開始，我就培養了隨身攜帶罐頭的嗜好。那天我拿出包裡的罐頭，加入二姐在冰店門口的餵貓秀，她才知道我是個獸醫，大橘也是那之後沒多久就出現。那時牠還是隻乾瘦的小橘貓，不知道從哪裡來，只知道那天起，牠跟我一樣成為了這個社區的新居民，甚至後來也是我幫牠結紮。八年來，大橘像朋友又像家人。

結紮後的某天，那時大橘叼著一隻花色的小幼貓來到店門口，我跟二姐見了都笑了，說牠也在外面領養小孩了。我們叫那隻幼貓小斑。幾年過去，小斑也不小了。五六隻貓在我跟二姐面前喀啦喀啦地咬著飼料。

「最近好像少了幾個。」二姐說。

「少了什麼？」

「牠們呀，有幾隻都沒有過來。」

「有嗎？」

「有啦！唉呀！克明你開診所後都太忙了，就只記得大橘跟小斑。我每天都躺在這邊勒！少了誰我都知道！」

她說得對。剛滿三十三歲那年，我終於開了一間自己的診所，剛開始實在太忙，一個禮拜好幾個夜班，直到現在診所已經第三年了，多請了幾個醫生，我才開始可以有機會傍晚下班，請夜診醫師接手。

「最近就沒什麼看到亮亮。」二姐說。

「亮亮？」

「黑白色的阿！你說那是賓什麼貓？」

「賓士貓啦！」

才剛說完，一股莫名的涼意從背脊襲來。剛剛下班出現的那個中年女子，她手中的鐵籠，裡頭就是一隻賓士貓。

「對啦，叫做賓士貓。今年才出現的，你記得牠的樣子嗎？」

「克明？」

我猛然回神，試著壓下不安。

「不……不太記得。」我勉強擠出一些笑容。

「二姐，我白天有開刀，今天太累了。我想先回家休息。」

「好啊！怎麼能讓我們杜醫師累垮？你要保留體力繼續救毛小孩餒！」

夜幕降臨，我回到我的租屋處，是與左鄰右舍都相同的兩層樓高小屋。我在沙發上躺了下來，心卻忐忑著，無法放鬆。我滿腦子都是那隻賓士貓，但也許是我想多了。

等我在沙發上醒來，三個小時過去了，已經是晚上九點十五。

晚上九點是我固定夜跑的時間，我會沿著干城街跑滿五圈黎明新村，享受社區夜晚寧靜新鮮的空氣。這是今年才開始培養的習慣，診所開業兩年後，我發現自己的身體每況愈下，越來越容易疲勞。因此我多找了兩三個年輕醫師，讓我跟江翊寧的班數可以降低。

令人意外的是現在二十幾歲的醫師似乎蠻能接受夜診，或許是晚上看診的動物們病況比較多元，他們想磨練自己。也或許是現在年輕人比較偏好平日睡到自然醒的生活節奏，下午再來診所上班，這單純只是我的猜測。總之多虧他們，我的體力才逐漸恢復，現在幾乎不用再上晚班，把晚上的時間拿來休息、運動。

我提著一包垃圾，沿著干城街跑著，再次經過圖書館、網球場、活動中心。跑過黎明市場時，我看見大橘、小斑和幾隻貓趴在市場前的階梯上。黎明市場是棟單層的寬廣建築，裡面的廣場每天都會有早市與黃昏市場。我慢下步伐走向階梯。

小斑朝我走來，聞著我手中的垃圾袋，大橘也跟了過來。我搓揉著大橘的頭，然後牠倒在地上翻滾著，接著又起來用臉頰蹭著我的手背。

「唉，現在沒有罐頭啦！」

比起跟人社交，我更喜歡和牠們相處。不需要多餘的言語，你就可以看見牠們表達單純又真摯的情感。

我搔著大橘的下巴，驚嘆著歲月如流。八年，大橘的眼神從幼貓時的空靈，蛻變成熟齡貓的銳利，有了一些防備。儘管如此，你還是能感受到牠眼裡對你的信任，以及牠的眼眸中，令我時而想起也經常忘卻的那片汪洋。記憶裡那片遠方的海，還有那份自由。

我站起身，繼續沿著干城街跑著，直到社區圓心直徑的另一端，黎明國中的後門。兩棵茂密的老榕樹佇立在無燈的暗徑裡，樹下有一輛可以丟棄垃圾的子母車，是只有社區內的老住戶才知道的祕密地點。

子母車外散落著幾包垃圾，大概也是一些稍微沒水準的老住戶，騎腳踏車或摩托車時，懶得停下車來掀蓋便隨手丟下。但也不能完全怪他們，這些垃圾每天清晨就會被垃圾車載走，子母車又會恢復整潔，只是對清潔隊員有些不太體貼。

我掀開子母車的蓋子，將我的垃圾往裡面丟，準備繼續跑完剩下的四圈半。可是當我走離子母車，準備邁開步伐的時候，一陣悉悉窣窣突然從身後傳來。

我轉頭一看，是一隻黑白色的小幼貓。牠正翻著子母車外的垃圾袋。

是二姐說的那隻賓士貓嗎?希望是。

我走回子母車旁，想要將散落在外的那幾包垃圾丟進子母車。或許小貓聞到垃圾袋裡的廚餘，如果有魚骨頭的話就麻煩了，可能會傷了小貓的喉嚨。

小貓很親人，有意沒意地對我叫了一聲。我拿起地上的垃圾袋，再次掀開子母車蓋，當我準備放掉手中垃圾袋的那一刻，我停下了所有動作。

一隻賓士貓在我的手中。

我叫了一聲，全身像觸電般把它拋開，垃圾袋掉了地。子母車猛得蓋了下來，一聲巨響打破周遭的寧靜。我跌在馬路邊，看著地上的那袋垃圾，小貓再次走近它聞著。

淡紅色的垃圾袋包了兩層，剛剛舉起它的瞬間，我看見了一對黑白色的臀部，條狀的尾巴從袋內映了出來。

腦子突然一陣暈眩，然後我用力撐起身子，慢慢走向它。我伸出手，顫抖著，感覺全身都在發燙。我打開垃圾袋，一隻賓士貓就躺在裏頭，是母貓。

我馬上認出牠就是傍晚在我診所外的那隻賓士貓。

潰爛化膿的雙眼，兩隻前腿都被鋸斷，全身都是塊狀的灼傷覆蓋著。牠的脖子上，戴著今天下午看見的項圈，血跡布滿整個垃圾袋。

我一個人坐在夜路上，感覺快吸不到空氣。

14

「你養的嗎？」警察面無表情地看著我，而我愣在櫃台前。
「什麼？」
「你說的貓，是你的嗎？」
「不……不是，不是我養的。是流浪貓。」
「那你應該去找動保處。」
接著我開始在派出所裡比手畫腳，告訴他傍晚在診所裡遇到那拎著鐵籠的阿姨，最後費勁唇舌才讓那警察放下手中正在處理的工作，勉強走出派出所，到那只有五分鐘距離的子母車。
我鼓起勇氣，再次翻開那垃圾袋。那警察一時間撇頭作噁，過一會兒卻又後冷下面容搖起頭來。
「你還是先通知看看動保處。」
「為什麼？這犯法吧？不是有動物保護法嗎？這種人你們要抓起來吧？」
「如果是你養的，那我們可以當作毀損罪處理，但這是流浪貓，不是你的貓。動保不處理的話，我們警察其他事情都不用做了。」
「會對動物做這種事情的人，你怎麼知道他不會也這樣對人？」

「你先打給動保處，這是他們負責的。」

警員說完便走回派出所，我再次一人獨自站在子母車前。接著我拿起手機，查到了動保處的專線，再次在電話上詳述一遍事情經過。

「你可能要也先去派出所通報一下。我們目前隊員正在出一個任務，到你那邊大概要一個小時左右。」

媽的。互踢皮球嗎？一時間我感覺大量血液衝上我的腦子。

「派出所不處理，你們也不處理。那請問到底誰要處理？還是這種事都不會有人處理？」我對著電話另一頭大聲嚷道。

「按照規定，派出所那邊應該要受理你的案子，我們也會到場了解。只是現在我們動保處人手真的不足，需要一些時間才能到。而且就算我們馬上到了，還是需要派出所的權限，才能做調閱監視器相關的調查行為。」

我沉默了一會兒，報完地址後就掛斷了電話。我再次走向派出所，沉住氣把剛才電話裡的情形再說了一遍。

「杜先生，我們這邊是可以配合調出監視器，只是子母車那邊是沒有安裝的。再說這種動物的案子其實很難處理，很難蒐證，懂嗎？除非你有錄影或拍照，或是我們當場抓到現行犯，否則只能是作案者本人認罪。」櫃台警察再次用他那有耐性卻明顯有些嫌麻煩的語氣說著。

「畢竟，就算動物還活著，他們也沒辦法說話作證嘛！」

簡直快瘋了。我想過要回到子母車，帶走那隻被虐死的賓士貓，避免屍體被其他動物咬走，但我實在沒有勇氣。等動保專員的那一小時之間，我回到診所，將傍晚診所裡的監視器畫面拷貝下來。

我跟警察、動保專員一起看著那錄影畫面。那個戴口罩的阿姨、手裡的鐵籠、籠子裡的賓士貓。

「有機車車牌嗎？」

「來不及看清楚。」

「遺體請動保專員處理，我們這幾天再看一下社區的監視器，看今天有沒有人拿著這包垃圾袋或籠子走動。」警察說。

「就這樣？牠身上的傷口不用請專業的人看一下嗎？法醫什麼的？」

「你不就是獸醫嗎？」

「是。但動物法醫應該是專業的領域，我沒有相關的經驗。」

「動物法醫要送到台北的台大醫院，是我們這邊負責的。」動保處的人開口，是一位高個子的青年。「但現在還沒有嫌疑人跟確切證據，動物法醫的人員很少，案量又高，所以這種的通常不能送。」

動保青年想必是注意到我不滿的表情，便又轉頭向櫃台警察說：「或者你們平常巡邏的時候再多注意一下，附近有沒有外型類似那個阿姨的人。」

一陣無力感浸注全身。凌晨十二點半，我走出派出所，動保青年也隨後跟了出來。

「杜先生！」

我側過臉來沒有說話，只是沉默地看著他。

「杜先生，謝謝你。下次如果有看到現行犯的話就麻煩錄影存證，再拜託你了。」

「你有看到牠的樣子嗎？兩隻手都不見了！那就是證據！」

「我們都很想保護牠們，」青年看著我，「但除非是錄影存證，不然檢察官也必須想辦法讓兇手認罪。我們處理過太多這種案子了。如果不認罪，我們有的都只是間接證據而已。就算社區的監視器有拍到拿那垃圾袋的人，攝影機也拍不清楚垃圾袋裡長什麼樣子，誰都可以否認，就算你很確定是他。檢察官不會讓這種證據不夠充分的動保案進入偵查或訴訟程序的。」

法律常識告訴我，他沒說錯，而他的眼裡也透露著無奈。就像那警員說的，動物沒辦法說出證詞。

沖完澡後已經凌晨兩點，我仍難以入眠。沒辦法從腦裡驅走那賓士貓的死狀。然後很突然的，我再次想起好久以前的那些。

我起身下床，走到書桌前，盯著桌墊下那張照片發愣。那是張十多年前的照片，照片上有一群人，當時我們都很年輕。我們的背後是一片海，這是好幾年來我終於再次想起牠們、我們、那片汪洋。

但我現在想這些做什麼？我拉開最下層的抽屜，翻出許久沒吃的安眠藥，吞下後又躺回床上。

那晚後的每一晚，我都會夢見那隻賓士貓，反覆思考著我是不是本來有機會救牠？如果當初我可以毫不遲疑地從那人手中搶過鐵籠。

然後一週過去了。

開著去年買的新款RAV4休旅車，我稍微調整了後照鏡，看見Lucky乖乖地趴在後座。Lucky截肢傷口痊癒地很快，現在已經能順利地用三隻腳與義肢走路了。

一大清早，七十四號快速道路在非尖峰時段的車不多，我切入內線。雖然速限是七十公里，但一路上幾乎沒有測速照相。如果保持時速一百公里以上，不到十分鐘，我就可以看到接往高鐵台中站的分岔交流道，向左是直達高鐵二樓接送區，而我則必須向右下交流道，前往烏山。

與市區的路景不同，下交流道後開在鄉間的產業道路，電線一條條穿梭在我頭上，連著整條路的電線桿。左邊是大遍的農田，右邊便是許多舊式雜貨店、修車行，還有許多三四層樓高的透天厝。我開往這條產業道路的底端，右轉駛上當地人稱作烏山路的小山路段，沿途經過許多墓地、荒田，十分鐘後便抵達那道長長的鐵柵欄。我下車走了幾步，按下柵欄旁的電鈴。

「克明？」

聲音從電鈴的另一頭傳出，電動鐵柵欄緩緩向左平移。

這塊土地佔地遼闊，四周圍繞著水泥牆，圈起一座幼稚園規模大的園區。位在園區中央的單層平房寬綽，佔了整塊地四分之一，其餘就是大片的草皮、花圃、淺淺的蓄水池，還有一些可以供人歇息的涼亭。

車子駛進圍欄內，許多狗兒衝來我的車旁熱情迎接。我在平房前的空地停妥了車，把

Lucky 放了下來。

「哇！看來我們有新朋友了。叫什麼名字？」

秦伯伯抱著一隻溼答答的老米格魯，從平房旁走了出來。

「去！曬曬太陽！」

米格魯跳了下來，跑向草皮，與其他狗追成一群。

「Lucky。昨天車禍救下來的，現在可以走路了！想說這邊應該蠻適合牠，看看牠喜不喜歡。」

通常，秦伯伯看到新來的狗都會樂得喜出望外，今天卻反常地沒有。但他依舊彎著他和藹的眼角。

「是健康的小男生喔！」

秦伯伯在 Lucky 前蹲了下來，為牠的繫上我帶的引繩。Lucky 開始帶著我們四處嗅著，認識牠的新家。

「淑姨呢？」

「今天沒來，在家躺著！」

「感冒還沒好？」

秦伯沒有馬上回答，只是搭著我的肩點了個頭。

大概四五年前，我參加了公益團體辦的義診，那是我第一次來到這個園區，秦伯伯與淑姨的流浪之家。

原本只是整塊灰灰的空地與一棟舊鐵皮屋，他們倆用微薄的退休金支持著這個園區，剛開始只有固定時段開著柵欄讓流浪狗進來，後來鐵皮屋裡也開始有流浪貓。我和他們夫妻倆很聊得來，那次義診之後，一有時間我就會開車來到烏山拜訪他們，順便來看看這裡的毛小孩們。

後來診所的開業，讓我的經濟狀況漸漸有餘裕，我出資與他們夫倆妻一起規劃出眼前的這片草皮、蓄水池、牠們可以吃睡的戶外小屋簷。我們把鐵皮屋打掉，請人在園區的中央蓋了一棟寬廣的日式平房，一起建造了這座屬於牠們的樂園。

「大家最近如何？」

「一樣！吵得很！」

秦伯笑著，胡亂搓著一旁跟著我們的米克斯。

我們回到平房前，兩旁是大面的落地窗，白天室內不需要開燈。外觀是淺灰色的直角水泥，簡單和諧地融進周遭花花草草的溫暖。剛才繞過屋後時，我注意到後門外放著許多雜物、和一具老舊生鏽的大型鐵籠。

「那些是要幹嘛的？」

「唉，地下室清出來的。我才搬一點就發現自己腰不行了！還有那些大籠子，翻新的時候我們堆在地下室的，記得嗎？本來想說之後還可以賣掉。哈！結果就忘到現在！現在也爛了，沒人會買，大概只能拿去資源回收。我趁這個時間整理一下，之後你有空再幫我搬吧！老了！根本搬不動！來，先進來吧。」

這些年我從沒看過秦伯整裡那些雜物。我們坐在客廳泡茶，他每次都會興高采烈地跟我分享不同的茶種，儘管他沒什麼錢買名貴的茶，但他就是可以喝出不同的特別之處，但我總是分辨不出來。

「最近診所如何？不是說要開第二間了？」

「對阿，還可以。只是還在選地點，原本是在看烏山下那條──」

「烏山區都鄉下人！觀念沒那麼好，沒人會帶貓狗去看醫生啦！開在烏山的話一個月就會倒了！」

我跟他笑著。自從開業後，我們已經很久沒有好好地聊天了，剛好 Lucky 讓我有這個機會。但我注意到他時而眉頭深鎖，偶爾瞥向著外頭。

「怎麼突然整理地下室？」我問。

秦伯轉著他的茶杯，望著落地窗。

幾隻貓趴在窗前曬著太陽，落地窗外，一群狗在蓄水池玩耍著。秦伯瞇著眼，他的眼角擠出了一點魚尾紋，那是滿足的笑，卻帶著一點不知所由的遺憾。

「淑姨生病了。」

我沒說話，想著上一次見到淑姨時她消瘦的身體。她說她那陣子總是食慾不好，腰痠背痛的。

「胰臟癌第三期，要住院化療。」

我沉默地看著秦伯的側臉，過一會兒他才回神。

「其實早該休息了。你也看得出來，我們的體力越來越差。經濟上也一大半都是克明你幫忙擋著。淑姨生病，應該是老天爺叫我們該休息了。」

他依然靜靜珍惜地望著落地窗外的那片草地，蓄水池旁的牠們。

「你在擔心牠們怎麼辦？」我問。

「我問過其他的收容所，大家都沒空間了。私立公立的都一樣。他們說零撲殺政策後，收容所蓋一間就滿一間。而且，現在也很少地段會拿來蓋收容所了。」秦伯搖著頭，「人哪，還是自私的。我也是。最後還是只想著我的太太。」他的嗓子開始有些沙啞。

「只是這裡……這裡太好了。這裡是我們一起完成的……」

「家。」我按著秦伯的手臂，「一個家。」

「牠們的家。」他說。

我看著廳內，一些小型籠子的門開著，裏頭睡了幾隻幼貓。牆上曬著許多相片與便利貼，大部分的相片是毛小孩們，另外有些是牠們準備跟領養人一起回家前的合照。

相片裡的牠們，有的還在這裡，有的已經不在了。有的找到了自己的家人，或是已經獨自離開我們，到了生命的另一端。

「拍的很好。」我說。

「對吧？一個女同學拍的，她每個禮拜都會騎腳踏車來。有時候還會帶上她的同學們。來幫忙打掃，清貓砂、狗大便，都是一些很累的事。很善良的女孩子，淑姨很喜歡她。但最近好像是要準備考試，比較少過來了。」秦伯停頓了一下，「我還不知道怎麼跟那女孩說淑姨的事，還有我們要關閉的事。」

是阿，我在心裡想著。不管是那位女同學，還是秦伯、淑姨，他們心中都有一股信念，支持著他們不停地做這些事的信念。不管有沒有人看見。

而我呢？我的信念是什麼？我過著無虞匱乏的生活，又是個即將開設分院的獸醫院長。

但，我的信念是什麼？是開一間又一間的醫院嗎？我杜克明的信念是什麼？

「我想接下這裡。」

「什麼？」秦伯伯露出不可置信的眼神。

「你的診所怎麼辦？」

「我的醫生團隊很好，現在我也是演講跟研討會的業務比較多，醫院的班幾乎都讓給他們排。」

「那新的分院怎麼辦？」

「讀書時有幾個志同道合的朋友，他們答應加入新的醫院。兩三個月就可以上軌道了，交給他們就行了。」

秦伯伯沒再推辭。他看得出來我刻意說的輕鬆，但我們都知道，沒有人想放棄。沒人想讓這些孩子們再次回到街頭上，回到風吹雨淋的路邊。秦伯堅持，如果我要接下這個動物之家，這塊地就要轉到我的名下，這個園區本身就不營利，他認為是我應得的。

秦伯想一次辦妥土地轉移的事，這樣就可以全心陪伴淑姨化療。我也一邊開始籌備獸醫分院，到時可以更專注妥善地接手這座位在烏山的動物家園。

兩三禮拜過去，我在烏山與黎明新村兩邊跑，找了一些臨時工與志工暫時分擔動物之家的事。事業上也做了一些調整，讓江醫師在總院擔任院長，她樂意賺得更多，我則開始儘快地接洽那些我資深的學長姐，他們打算帶一批學弟妹、年輕的醫療團隊到我新開的分院，然後一切漸漸上了軌道。

直到某個午夜時分，我從夢中驚醒。

那隻賓士貓再次回到我的夢裡。我才驚覺，牠被棄屍在垃圾桶後已經要過一個月了。

隔天我到派出所去關切這個案子的進度，如預期的沒有後續。然而也是在那幾天的一個傍晚，我接到二姊的電話，另一頭的她聲音發顫。

大橘失蹤了。

15

那天傍晚，我駛在七十四號快速道路前往烏山，接到了二姐的電話，就立刻下了最近的交流道，掉頭回到黎明新村。

二姐和我坐在冰店前，看著小斑與一群流浪貓吃著飼料。

「大橘不見了。」

「剛開始我想偶爾一兩天沒來不要緊，可是已經過一個禮拜了，一個禮拜都沒看到大橘……我在附近買菜或社區裡晃也都沒看到牠。牠不會這樣的。」

二姐雖然有我的電話，但她幾乎沒打給我過。

唯一一次，是我幫大橘結紮的那次。她有些緊張地打來問手術順不順利。這讓我想起剛認識大橘的第一年，牠偶爾會消失一兩天，或許是跑到附近更遠的社區遛達了。但後來牠漸漸跟我們培養了默契，每天傍晚一定會在冰店前出現。後來幾年間的記憶裡，一時還想不起哪一次我沒在冰店前看見牠，倒是我卻因為自己的事業，在這一兩年內時常缺席。

接著，那股恐怖的念頭像一滴微小的黑墨，注入我的腦海，然後開始擴散。

我也說不出為何事到如今已經過了好幾個禮拜，我仍然開不了口跟二姐提亮亮的事，那隻被虐死的賓士貓。因為接手了動物之家，這幾週來冰店的次數屈指可數，但每次看到二姊，心裡都掙扎著。

說？

不說？

原本打算等事情有了進展再向她提起，可是派出所卻沒有任何消息。但說了又如何？除了讓二姐心痛之外，我們就是沒有保護好牠們。

現在大橘失蹤了。我們八年來的家人，我的孩子。

而我有責任。如果我在案發後就讓二姐知道，她就能夠一起幫忙注意，或許可以阻止這件事情發生，保護大橘。但我卻沒這麼做。現在，我不能再等待了，警方不在意的事，我們就自己來。

「二姐，我有事想說，關於亮亮。」

我開始說那晚我在子母車那發現亮亮的事。但才說到打開垃圾袋的當下，我就住口了。

二姐的眼淚不斷地滑落下來。

她什麼都沒說，也沒有擦淚，或許沒有意識到自己在哭。

她就靜靜地望著小斑與那群孩子們。我讓這件事的結尾，停在亮亮躺在垃圾袋裡。牠身上那些不堪入目的傷痕和折磨則藏在我的心裡。也是從那天起，她看待那群孩子們的眼神變得黯淡了。

我站在派出所的階梯前，準備拾級而上，卻又在踏出第一步後停了下來。

如果一隻動物被虐待致死是「責任之外」的工作，那一隻只是失蹤的流浪貓，大橘，他們又會怎麼看待？無論警方，或是動保處，一隻「失蹤的流浪貓」，對他們來說又算是什麼？我想我會被當作來鬧事的。

但大橘不只是一隻流浪貓，牠是我的兒子。是我遇見躲在車底下瘦弱的牠，然後彼此認定的家人。

我曾經思考過，人類對動物的情感是某種自我的投射嗎？是我們把自己的思想，加諸在牠們身上嗎？但大橘給了我答案。那天牠第一次的出現，還沒吃完我給的罐頭，就湊到我身旁，用臉頰蹭著我。我拍拍牠，牠滿足地打著呼嚕。牠的眼神，提醒了我那年那天，地中海的蔚藍。

大學畢業那年，我和獸醫系的一群朋友參加了學校資助的歐盟海洋保育營。那天，海水嘩啦嘩啦地在船緣濺起，我們在地中海上奔馳著，準備歸港。

溫和的黑藍海面染上絲絲的昏黃，暈著天際線的晚霞。正當我們在船艙裡欣賞著美景時，一陣驚呼從甲板上傳來。

我和朋友搖搖晃晃地走上甲板，擠進人群，那時我們不知道自己即將領受此生最美的一次洗禮。

一群海豚躍出海面，牠們的剪影劃過夕暮。順著某種節奏，一次，一次，又一次，像是洩露海底心臟的脈動，一路伴隨著我們。

「牠們喜歡我們！」船上的老水手操著濃厚的義大利腔英文，喊在海風與引擎聲之中。

「你怎麼知道！」我興奮地隨口應了一句。

「看！你看看牠們！」

我再次望向牠們，開始情不自禁地揮著手，喊了起來。

「嘿！」

「嘿！」

一股溫熱的悸動盈在眼眶。

我想，那是自由。是無須言語，關於愛的純粹表達，也是我在大橘眼裡所看見的宇宙縮影。

手錶顯示著晚上九點半，我用書蓋起桌墊下的那面海，換上運動裝，這次直接朝著社區的盡頭跑，跑向那輛子母車。

沿著干城街跑著，我腦海中不斷地出現那隻賓士貓的臉孔，牠的身軀、牠的斷臂。我越跑越快，越來越快，直到握住子母車握把的那一刻，我才整個人僵在原地，無法動彈。

我站在榕樹的樹影下，街道上一片陰暗死寂。我不知道自己是否真的準備好了，準備好面對掀開子母車後的衝擊。

我掀開了蓋子。

第一眼，沒出現我想像的畫面。我用單腳蹬上子母車，半個身落在裏頭，翻著底層的垃圾、各種類別的垃圾袋。在榕樹下耗了將近二十分鐘，我確定大橘不在這裡。

牠還活著嗎？還是我晚了一步？牠已經被清潔隊運走，在垃圾焚化爐裡燒成灰燼？

我應該在社區貼尋貓啟事嗎？不，不能這麼做。如果大橘真的被抓走了，兇手會看見那些尋貓啟事，這樣牠就永遠不會出現了，連屍體都會永遠消失。

但我相信大橘已經被帶走了，而我現在要找到這個人，帶走大橘的人。就像那位動保青年說的，要拍下證據，然後報警。我還是撥了電話給那位青年，但如預期地，只得到要我再繼續觀察情況的回覆。

我也能明白動保處的資源已經夠少了。無論是人力物力，他們沒有預算和時間花在「失蹤的流浪貓」。況且，事實上是現階段也有很多動物正需要他們。

但大橘需要我。

如果大橘還活著，我想牠會想著我。牠會想我怎麼還沒找到牠，帶牠逃離危險、痛苦。我想到賓士貓屍體的樣子，就渾身發顫。

此後的每一夜，我都會出現在那兩棵榕樹下的子母車。

原本的我還抱著希望，會在夜跑途中的某個街角，看見牠的身影，然後我們會走向彼此，我會問牠這些日子去了哪裡？但無數個夜晚過去，現在我竟然偶爾會期望自己在翻開子母車的瞬間，能看見牠的屍體。

我已經快承受不住沒有任何結果的不安。或許，牠在承受那些痛苦之後，已經在焚化爐被化為粉塵。也或許，牠離開了，去到別的地方重新生活。

但大橘並沒有這麼幸運。

失蹤後的第十三天，我找到牠了。

那夜，我翻開子母車蓋，看見左下底角的粉色垃圾袋。它不像其他一般的垃圾袋，它是包了雙層，血跡斑斑的垃圾袋。

那一刻，我知道是牠，是牠……

我打開袋子，牠的眼皮、眼睛，全都爛了。牠少了兩隻前腳，全身被剃了一大塊毛，露出的皮上一點一點的灼痕。牠的胸口被開了一道五公分長的傷口，牠的脖子，帶著不屬於牠的項圈，與那隻賓士貓一樣的項圈。

是牠。但已經是沒有任何體溫，沒有呼吸的牠。牠躺在我的懷裡，一動也不動。

我發抖著，更用力地把牠抱緊。

這是我早就知道的結果，在二姐跟我說大橘失蹤時，我就應該知道的結果。只是此刻牠的樣子，才讓我真正地接受事實。一種活了三十幾年，從未有過的感受，感覺自己少了身體的一個部分。感覺我也正在死去。

「寶貝……寶貝……」

我坐在柏油路上，輕聲叫著牠。此刻我已經不再不安了。我確定以後的每個傍晚，我再也不會看見這雙眼睛，牠也不會溫柔地回看著我。

誰會做這種事？什麼樣的怪物，做得出這種事？

紅藍色的燈光一明一暗，從遠方漸漸靠近，最後停在我身後。我用滿是血跡的手，擦去臉上的淚痕。一個人來到我的身邊，是之前那名警察，他緩緩扶起我，送我們上車。我們被載去派出所裡，其他值夜班的員警都用詫異的眼神看著我，看著我沾滿鮮血，抱著內臟翻出的大橘。

「很抱歉。」

這是那名警察的第一句話，在他知道了我養大橘八年之後，也是一陣沉默裡的唯一句話。他的態度改變了，他看見大橘慘亂的屍體，與上一隻賓士貓近乎複製。

「我是警員陳世聰，叫我阿聰就好。」

阿聰年紀和我差不多大，他先帶我到一旁的位子坐下，然後撥給了動保處。等動保員的時間裡，我始終緊緊抱著大橘，沒說一句話。我感覺雙眼好灼熱。

「不違反什麼規定的話，我們會在子母車那裝監視器。我們也會通知社區居民。」阿聰說。

「不可以通知社區居民。」我說，「這樣還抓得到人嗎？不就是要抓到這個人嗎？怎麼保證他不會也被通知？不是應該要把他繩之以法嗎？」

「通報的部分我會再跟上級討論看看。我們應該可以針對這件事情將強巡邏，我也是第一次處理這種事情。」

「第二次。」

過了三十分鐘，動保處的青年也到了。

「很抱歉。」

我要的，不是每個人的抱歉。我要的，是他們抓到這個人，傷害我家人的人。而他現在仍然逍遙法外。

隔兩天，阿聰打給我，告訴我垃圾袋的款式及當初診所監視器裡鐵籠的辨認照已經發到每個警員手中。巡邏隊會拉長夜間巡邏時段，特別注意動物聚集處。但那時我已經私自在黎明新村裡夜巡兩天了。

我多戴了頂棒球帽，拉長夜跑的時間，路線遍布整個黎民新村的各個小巷。那個人的方法，大概是用當初我在診所裡看見的誘捕籠，在裡面放食物，就會有貓被引誘進去，一進籠，鐵欄就會關起來。

我開始站在他的角度思考。如果要抓貓，最佳的位置在哪裡？沿著干城街，我跑過活動中心、網球場、公園，這些地方都太有標誌性，也不保證夜晚不會有其他社區居民。連續兩次，我們都沒在社區裡見過籠子，只見到最後的屍體，棄屍地點也是熟悉社區的人才會知道的暗巷榕樹。獵捕者也許現在就暗藏著，夜晚裡藏在毫無人煙的隱密某處。

黎明市場。

是黎明市場！我想起我發現亮亮的那天，我跑過黎明市場，在市場前遇見了大橘和小斑。

我逐漸漫下跑速，然後停在那棟寬綽的單層建築物前。黎明市場主要的活動時間在早市與黃昏，夜晚時就會關閉。但看上階梯，鐵捲門並沒有密合地面，因為地基設計不良，門底落在人可以爬進去的高度。這個高度對動物們來說更是自由進出，尤其是貓。

我左右盼了一下，四下無人，也沒有攝影機。我趴下身來，翻進市場裡。接著我站起身，稍微調整了棒球帽、拍掉身上的灰塵。

市場內一片黑暗，伸手不見五指。

我打開手機的手電筒，白色光束逐一照亮眼前蓋著布的各個攤販，排列式的延展整個室內廣場，無法一眼望盡。

我開始緩慢沿著攤販的路線前進，將手電筒的亮度調到最弱，逐一搜索著攤販之間的地面。室內遮風避雨，空無人煙，安全。我想對流浪貓來說，這是個好地點。對獵捕者也是。

餘光一陣黑影掠過，我迅速將光照向那處，卻空無一物。我將身子壓低於攤販，繼續向前走著，將近走完半個市場。

匡噹——突然一陣鐵具掉落的聲響，我立刻箭步前奔，那聲音與我間隔著一排攤販，我雙手一撐，躍過其中一攤。手電筒的光束在地上亂竄，鐵器的碰撞聲持續響著，我憑聽覺追著聲音來源，就在我最接近的時候，我將手電筒猛然照向它。

小斑。

是小斑，牠緊縮著身，躲在空豬肉攤下的輪腳。

「嘿……」我把手電筒從牠身上移開，喘著氣，低聲對他說：「是我，不要怕……」

沒看見鐵籠，我翻出黎明市場時已經午夜了。但我心中已經確定就是這裡——因為小斑。牠總是跟在大橘身旁，如果這個時間點牠在這裡，那大橘被帶走的時候，有很高的機率也在這裡。

※ ※ ※

一早，天氣陰鬱，烏山起了大霧，我打著警示燈，幾乎以時速不到十公里的速度行駛在小山路上。霧靄之中，鐵柵欄一根根慢慢浮現，但伴隨出現的還有一個身影。那人牽著一輛單車，站在動物之家的柵欄前。

我漸漸看清楚，那是一個年輕女孩。她的捲髮束著馬尾，穿著深藍色的牛仔褲外搭白色的襯衫，我想起來秦伯曾提起那個幫貓狗們拍照的善良女孩。停在柵欄前，我拉下車窗。

「同學，是志工嗎？」

「對。」

「最近動物之家在交接，開放時間比較不一定喔！因為秦伯跟淑姨要休息了，之後——」

「我是來找淑姨的。」女孩打斷我的話，並猶豫了一下，「我是想跟她說這幾個月要參加衝刺班，假日不會過來了。」

「我知道，秦伯有說到妳要考試，我會再幫你跟淑姨說。我很喜歡妳拍的照片。」

「謝謝。」

女孩沉穩地回答，然後牽著單車轉過身，單腳跨了上去。她才剛騎一段，又突然掉頭回到我的車窗旁。

「淑姨生病了嗎？」

女孩的聰穎打破了我剛剛到現在的猶豫。

「對，」我嚥了口水，「新民醫院的癌症治療中心，妳可以去探望她。」

「好。」

那女孩很鎮定，右腳又勾起踏板，再次騎遠。後照鏡裡，她的身影將要隱沒在霧裡，突然她又停下車，在那回過頭來。

「謝謝你。」

「不會，騎車小心。」

車子駛進動物之家，狗兒都圍上前來。我打開車門，Lucky用他僅有的三隻腳與義肢第一個跑向我。

「哈哈……好了好了。」

自從大橘離開之後，在這裡陪伴牠們似乎已經成為我的生活中，唯一能快樂起來的時候。我按部就班地在園區放飼料、換水、澆花、清掃，然後開始清理室內的貓砂盆。

這些平常真的都是由一對老夫妻完成的嗎？那需要多大的耐心和體力？需要多少愛？接著我想到小斑與黎明新村的流浪貓們，如果把牠們帶來這裡，牠們就會安全，不會落入那個怪物的手中。

但這麼做，小斑會開心嗎？而現在住在這裡的貓狗們也是開心的嗎？

「看！你看看牠們！」

那地中海老水手的話在我耳邊迴盪。我知道小斑喜歡黎明新村，那是牠和大橘的家，我不會為了保護牠，而把牠帶來這裡。而我也知道這裡的孩子們是快樂的，只要我們用心照顧、用心地看著牠們。

從前我喜歡動物，所以成為了獸醫。可是當了獸醫之後，才知道只有「喜歡」是不夠的。有人說獸醫罹患憂鬱症的機率很高，我相信這是真的。在診所裡，面對到的並不是那些在草皮上快樂遊戲的牠們；在診所裡，面對到的是帶著病痛前來的每個孩子。

我們面對著牠們的生、老、病，以及死亡。每當面對主人，總是要冷靜地說出很多殘酷的結論。人們會帶著他們的家人，要我們保證：這次，他們的孩子可以平安度過難關。

我多想做出這種保證，可惜沒人能夠。如果可以，我相信每個獸醫都想有做出這種保證的能力。這樣，我們就不會在黑夜裡，想起那些曾在我們眼前離開的生命。

我們一直用盡全力地守護牠們；現在，卻有人在傷害牠們，不斷地將牠們一個個拉進黑暗。

16

一線流光竄出窗縫，沿著灰暗的天花板劃過整座地下室，我才察覺已經傍晚了。

那是地下室唯一的透氣窗，我不見天日地忙了一整天。將雜物堆放出去後，地下室的空間變得比一樓還要寬廣。現在只剩廢棄無用的十來具大型鐵籠，是早期秦伯剛開設動物之家時，正在選舉的議員捐贈的，雖然選舉後那議員也沒再出現。

除了舉辦認養會時，方便民眾定點認識貓狗外，其餘的時間他們夫妻也用不到那些大籠子。直到我幫他們翻新園區時，這些大籠子便暫時請工人搬到地下室堆放。放在園區裡不但不美觀，也占空間，每具籠子約一米半高，寬度可以住下一兩隻大型成犬。我提著水桶爬上樓，走出屋子後地下室的門，外頭的夕陽烤得園區昏沉沉的，然後我從後門走進一樓屋內。

離開動物之家以前，我流連在落地窗旁那灑著金光的牆面，端詳著牆上的照片。其中一張裡，一對夫妻抱著少了一隻眼睛的虎斑貓，一旁站著秦伯、淑姨，還有一個熟悉的身影，是早上站在柵欄外的那女孩。

大概是這對夫妻收養了這隻小流浪貓，大家開心的合影。這面牆上有許多類似的照片，照片旁的便條紙會寫上時間，只是日期越接近現在，這樣的收養照片也越來越少。還有一些，是這裡每個流浪貓犬的可愛大頭照、生活照，與形形色色的便條紙，上頭許多用鉛字筆寫的逗趣字跡：

我叫兜比，今年兩歲！

我笑了，我想是那位女孩寫的。還沒被領養的犬貓照片占了大部分，或許是零撲殺政策的緣故，每間收容所面對的流浪貓犬更多，而認養的人數卻不增反減。

白天，園區裡的時光飛快，如夢似幻，疲憊卻快樂。但太陽終將沉落，大地再度披上噩夢的影。無數的黑夜裡，我不斷獨自步向黎明市場，等待獵捕者的到來。

※ ※ ※

我蹲在漆黑的一角，瞥見身旁攤販的不銹鋼板上，手電筒的光映出我的面容。那張臉已經不是從前那位光采的獸醫院長，我發現自己滿臉鬍渣，看起來疲憊又憔悴。

我關掉手電筒，黎明市場再度陷入一片黑暗。

發現大橘的屍體後，今天已經是我在這片黑裡的第十四天。但也如同我在這裡摸黑一般，派出所依然沒有任何搜查的線索。儘管毫無收穫，但至少這些在黑暗中的日子裡，還有小斑在一旁陪伴著我。至少我能確保牠的安全，雖然我知道自己的精神與體力日漸透支。

每天我會改變埋伏的地點，藏身後不久，小斑就會自己出現在我身旁。牠認得我的味道，總是可以找得到我。但不確定牠是在陪伴我，還是想從我這探聽大橘去了哪裡？

今天，蹲點後已經過了一個小時，卻沒有見到小斑的身影。

我從攤販堆中探出頭來，市場一如既往，黑沉死寂。小斑去了哪裡？牠會不會遇到危險？會不會我又再次錯過？不可能。每個夜晚我都守在這裡，會不會是我錯判地點？小斑和大橘並不是每晚都在這裡？許多問題如乒乓球般在我腦中胡亂反射，我在心裡不停地自問自答，縈繞惶恐——唰——突然一道鐵片關閉的聲音響起，緊接著是物體不停衝撞的聲音，衝撞著鐵籠！

沙沙——

我跳起身，撞籠聲伴隨著貓的嘶吼傳來，並且快速移動著。我翻過一輛白鐵餐車，迎面撞上一大塊帆布，然後跌坐在地上。

那聲音和我間隔太多排攤販了。我往左看去，最遠處的地面有一道夜光，是那道鐵捲門，也是市場唯一的出口。

我開始朝出口衝刺，漆黑裡，貓的嘶吼聲越來越狂，我感覺到我們雖然隔著幾排攤販遠，卻是朝著同個方向快速前進。我與那位獵捕者。

我望著那道夜光跑著，那扇鐵捲門的形影開始出現，漸漸露出捲門下的微小的縫隙，但出口離我還有些距離。

然而那一刹那我看見了，我確定。是那具鐵籠。

那具鐵籠裡有一隻貓，從地面被甩出鐵捲門的縫隙，緊接著一個人影從底下翻出市場。

「喂！」

他知道有人追著他，他知道我在。

我撲向那個門縫，從市場外翻起身來，張望。然後看見一個騎著單車的背影在干城街上，距離我十步之遙。那輛單車的左把手掛著鐵籠，我才想起今天在進入黎明市場前，鐵捲門旁多了一輛舊單車。

我全力追趕著，只見他的身影越來越遠。眼見那單車闖過干城街底端的十字路口，然後消失在民宅區。我依然用力奔跑著，快要喘不過氣來。我穿過十字路口時，才終於放慢速度，走進他消失的地方，黎明新村最東邊的密集住宅區。

看著手錶，已經是晚上十一點，住戶們大部分都熄了燈。我喘氣走著，沿路的屋子大多只有兩樓高，除了少數幾棟看起來像是新蓋的房子之外，大部分都是深紅色的鐵門。水泥磚砌成的矮小圍牆，許多家戶的圍牆上都種些小型盆栽、多肉植物，有的則是攀在牆面的小藤蔓種。

我跟丟了。但亮亮和大橘怎麼辦？現在被帶走的，很可能就是小斑。牠也會變成大橘最後的樣子。

巷子裡安靜地只聽得見我自己的步伐，我在一處狹小的巷口停下。我注意到柏油路面上那點狀的暗色漬液，然後我蹲下來，用指頭劃過其中一處，再拿手機照亮。我指腹上的紋路被血色染得條條分明。

我沿著地上的血跡走著，來到一棟矮房的深紅鐵門。

「很難蒐證，除非是現行犯。」

我想起阿聰的話。我拿起手機撥給了派出所，接起電話的人正是他，我告訴他我的地點。深吸了一口氣，我按下深紅鐵門旁的電鈴。屋內隨即開始以廉價的音質，播送著某首熟悉的古典音樂。

直到曲畢，都無人應門。

一樓是暗的，我將臉貼近圍牆上的花雕紋刻，透過縫隙往內窺探。圍籬內是狹小的庭院，裏頭還有另一扇較現代化的銀色鐵門。門前放了幾雙鞋，門旁的鐵窗框掛著幾支雨傘，看起來與其他住戶沒什麼不同。但鐵窗框的下方，一輛舊單車躺在地上，我馬上認出就是剛才我看見的那輛。

我抬頭看去，二樓的窗還亮著。我再按了一次門鈴，同樣的曲調又再度開始播送。

小斑就在這棟屋子裡。我心裡想著。

電鈴聲又結束了，屋內與屋外重回一片寂靜，然後我鼓起勇氣，伸手敲了那扇紅色鐵門。

叩叩叩——

我的心裡開始不停地閃著剛才鐵籠被甩出捲門的畫面，與沿路的血跡，捕獸夾，然後是大橘消失的兩隻前腳。

小斑現在就在裡面，痛著——碰——我重重地捶了鐵門。

碰——碰——碰——碰——

我開始發狂似地捶著門。左鄰右舍的窗子都亮了起來，我的右手開始漸漸失去知覺，然後我退後幾步，準備朝門撞去，此刻突然有一隻手從背後擒住我的肩膀。

那隻手力道很大，使我猛然轉了過去。

「辛苦了。」阿聰緊緊抓著我，另外兩個員警站在他的身旁。

「剩下的交給我們。」

我從阿聰的眼鏡上，看見自己可怕的模樣、眼中裡的血絲。我退了開來，讓一位女警經過我，上前按了電鈴。

「警察！有人在家嗎？」那女警大喊著。

阿聰站在女警身後，而另一位男警站在我身旁，看了我一眼：「執行程序。」我點頭，靜靜的站在他們身後。

那位女警持續喊了幾次，屋內都沒有回應。阿聰轉過頭來，看向我身旁的男警，兩個人的眼神溝通著。阿聰似乎想強行進去，而男警則看起來有些遲疑。

「有符合要件嗎？」我身旁的男警猶豫地問。

現場陷入一陣膠著的靜默，突然屋內傳出一陣淒厲的貓叫聲。

「有問題我扛。」

沒等阿聰說完，那男警已經在我身旁退了一步，接著那魁梧的身軀往前衝去，撞開那紅色鐵門。阿聰示意我留在門外。女警舉起槍，跨入庭院。她打開裡面那扇沒鎖的銀白鐵門，阿聰打開手電筒，扶著腰際間的槍套，三個人都走進門內。

「警察！」

五分鐘後，那女警奔了出來。她手裡提著鐵籠，小斑就被關在裡面，一具捕獸夾鉗著他的前腿，流著血。

「我來！讓我來！」我迅速接過籠子，「我的醫院在附近！」

我提著小斑，奔向我停在干城街上的車。跑到巷口之際，我回頭望向剛才那棟小屋，阿聰與男警押著一名男子出來，那名男子身高大約一尺六多，戴著棒球帽，低著頭。而另一頭的巷尾，警車的紅藍燈光閃爍旋轉，女警打開車後門等著他們。

我撞進手術室，要打開籠子的瞬間小斑對我揮爪、嘶吼，抵抗任何接觸，我戴上手套，從櫃子裡拿出液態麻醉劑。我打開鐵籠，小斑死死地咬住我的手，我痛著把針筒插上牠，麻醉劑注入牠的體內，一會兒後，牠的牙齒才終於從我手上鬆開。

我的腦子閃過那時，另一個戴帽子的女人走了出來，將紅色鐵門關上，跟在警察與那名男子的後頭一起上了警車。倉亂之中我看不清他們的臉，但我想，她就是當初帶亮亮來診所的那個阿姨。

而那個男人，就是我一直在找的獵捕者。

第三部

17

她坐在李權哲肩上，小小的臂彎拉著他的頭髮。李權哲高舉著手，兩隻手臂掛著快滿出來的環保袋，一邊穩穩地扶著她。他們緩緩穿過一條條電線桿在昏黃路面的長影，街道上空氣裡的暮光淡淡晃晃。

「買冰桶，回家又要被妳媽念了。」

「嘿，念一下又沒關係。跟你說噢！不要說我跟你說的噢！我晚上起床上廁所的時候啊，有看到媽咪偷偷挖來吃噢！」

他們倆嘻嘻笑著。

小靜才剛上小學，每當李權哲排到休假，他們會在傍晚時一起走路到超市，再慢慢散步回家。這是屬於他們父女倆的時間，也是夏季南風吹上街的時候。李權哲知道，她期待的是走過街口後的第二支電線桿。他會蹲下，讓她爬到他的肩膀上。

載著她的時候，李權哲時不時會抬起頭看，她總是會閉起眼睛，悄悄感受那陣輕柔的風撲打在臉上。

「爸比，牠們是誰家的？」

「誰們？」

李權哲停下腳步，順著女兒的指尖看去。電線桿下，一隻母貓帶著三隻小貓，正翻著垃圾桶旁的廚餘。

「沒有誰家的呀。牠們沒有家，叫流浪動物。」

「為什麼沒有家？」

「嗯……爸比也不知道，但牠們天生就沒有家。」

小靜稍微抓牢爸爸的頭髮，她向前傾，湊上前看著小貓們。

「唉呀，會痛。」

「那下雨怎麼辦？」李靜問。

「牠們會躲起來啊。」

李靜一直盯著牠們，盯得入神。

一會兒後她開口。

「我想養牠們。」

「不行。妳還太小了。」

李權哲又開始走著，他們離開那群小貓。他感覺到小靜頻頻回頭望著。

「可是你也養我啊。」小靜從李權哲頭上彎下頭來，髮尾顛倒地垂下，她的眼睛眨呀眨地看著爸爸。李權哲總懷疑她才小小年紀就偷偷懂了一些父母的弱點，尤其是她那爸爸無法抗拒的眨眼，那是她的王牌。

「有天妳長大，可以保護牠們了，妳就可以養。」

「跟你一樣可以保護我的時候嗎？」

「對。」

李權哲舉起手來要安撫她，卻劃了空，然後碰到自己的白髮。

他抬頭看，天色變了。剎那間一席黑影籠罩上空，整條街被渲染成深邃無盡的黑，一片死寂。

然後大雨落下，雷聲隆隆響著。

找到我！

一張骨瘦蒼白的臉貼上他的面前，掐住他喉嚨，李權哲喘不過氣。

「你。」男子抽出那把刀，刺亮的刀鋒高舉著，然後朝李權哲襲來。

「找到我。」

忽然，李靜的背影出現在他的面前。她長大了，已經不再是那個需要他揹的小女孩，而是正值年華，準備要開始嘗試一切的背影。可是那刀尖從李靜的背後穿了出來，然後她慢慢的跪下。

那聲音呢喃著。

你。找到——

——喀擦。李權哲點起唇上的菸，畫面燃燒殆盡。他躺在沙發，仰頭呼出一團白氣。

他漸漸習慣自己會看見這些，聽見幻音，但他已經開始分得清楚。至少這次他分得清楚。因為他知道，李靜再也沒能坐在他的肩上，使他負重前行；再也沒能抱著桶裝冰淇淋，或閉眼享受迎面拂來的夏日晚風。

他也知道，他沒有遵守承諾。他沒有保護她。

晚上八點半，李權哲咬著菸翻過身，想要抓到茶几上的威士忌。然後他一伸手，就看見一個女人悄悄地站在房門，似乎已經站在那裡好一陣子。

「電鈴響很久，我就自己上來了。」周奕璇說。

李權哲的腦子仍然混沌，隨意應了一聲。周奕璇走進房間。

「做惡夢？」

周奕璇看著茶几上的黑色手槍，李權哲搖搖頭。

「妳呢，有去收驚？」

他把桌上的槍收進他的後袋，「那之後。」

他說的是那晚之後，他們見到二十一具動物屍骨的那晚，那座動物墳場。那晚，他們沒有任何討論，兩人默默地盯完現場的處理跟紀錄，結束後就各自回家。

「沒去收驚。」周奕璇說，「我是基督徒。」

「喔。妳信上帝。」李權哲打開瓶口，濃辣的麥味滾入喉嚨，然後他拿起茶几上的文件審視著。「所以妳都去教會收驚。」

「長大後就沒去了。」

「怎麼說？」

「我還是相信上帝，但就不太喜歡去教會。」

「妳信上帝，不信人。」

周奕璇沉默了一會兒，「大概吧。同婚案之類的，各種。」但其實她心中第一個浮現的，是禁止婚前性行為，那反人類的教條。世界上充斥著大量性事不合的夫妻，最後都以離婚或外遇收場，然後再去教會懺悔，告解自己婚姻的罪。大學時期她就漸漸疏離教會，也沒探究原因。隨著歲月過去，理由才逐漸明朗。

她被菸味熏得想吐，便走過沙發拉開落地窗。

「你呢？」周奕璇問，「你相信什麼？」

「我相信人創造神。這樣就可以有個對象祈求活下去的意義。」李權哲點起第二支菸，舉起手將煙霧揮散。「弟兄姊妹平安。讓我們舉起手，全心領受這份祝福——請不要把繩子掛在自己的脖子上。阿們。」

周奕璇擠出勉強的笑容。

「他們說你被停職了。」

「嗯。」

李權哲在醫院打人的事最終還是傳到局長耳裡，槍和警證都繳到局長辦公室的桌上，要他休息一陣子，說不影響退休。但他們不了解李權哲。對李權哲而言，他做刑警不是討飯吃，不是要一張證件、一把槍、大聲講話、搞些黑道白道，更不是保護社會。

他會做刑警，純粹是因為他擅長。他知道自己不是好人，或人們想像的正義之士。他只是有辦案的直覺，抓人的力量。

世界上有許多壞人，違法的壞人、合法的壞人。這些壞人欺負好人，而他只是合法地欺負那些違法的壞人。

人的一生太短，能做好一件事已經夠難，偏偏他就擅長這些破事。

「局長跟我說阿川會接手。」周奕璇說。

「他還要過幾天才接得了。」

李權哲站起身，把茶几上的文件遞給周奕璇。他知道阿川身上還扛著失蹤的董事長，而林超一個人又忙不過來，得再從其他案子拉個人，阿川才能抽身。

那份文件是在動物墳場之後，他向動保處要來的資料，上面列著近年來中部地區被舉報虐待動物的名單。刑大資料庫裡的案例太少，只有少數被起訴成功的案件。而他想要的不只是有被起訴過的前科犯；他要的，是幾年內任何曾有過被檢舉過虐待動物的人，不管有沒有被起訴。他從動保處拿到資料後，發現名單上被檢舉的人數，遠超過實際有案底的人數好幾十倍。

他假設：如果作案人也虐待動物，那在這份資料上的眾多人名之中，很可能就有分屍陳雅貞的兇手。李權哲開口：「上面沒看到余紹民。」

「醫院那有給我他的住址。」周奕璇說。

余紹民是醫院裡小潔口中的「阿民」，讓那女孩不斷喊著「閻羅王」的阿民。按照院方的說法，他是陳雅貞的男朋友。他讀醫學系，符合法醫的側寫，是現在他們的第一嫌疑人。儘管沒有任何證據。

「妳開車？」

「嗯。」

周奕璇心裡猶豫著。她等不到阿川聯絡，請警方通知徐紹民到案說明也沒有回音，她原本已經打算自己前往。但同時她也覺得，李權哲被停職有一部分的責任在她。如果當下她有上前阻止，而不是任他抓狂。

剛才站在房門時，周奕璇看著這個房間的各個角落，彷彿這位女孩只是出了趟遠門，隨時都會回家。而在那女孩喜愛的貓抓布沙發上，躺著一個失去所有的人。失去家，失去自己，現在又失去工作。茶几上放著一把曾讓她在意的改造手槍，但槍卻是壓著陳雅貞分屍的照片、文件。那一刻她明白，這也許是李權哲醉生夢死的所剩無幾。

夜裡，黑色 **X-Trail** 以一百公里的車速，在七十四號高架道路奔馳。李權哲坐在副駕，搓轉著手中的威士忌小角瓶。周奕璇發現的時侯，他已經在大口大口地吞了。

算了，周奕璇無奈地搖著頭。她開始思考她要怎麼起訴，如果就是余紹民。

殺人罪之外，還有那兩具作案手法雷同的貓屍，加上另外十幾具動物的遺骸也要算在他頭上。但虐殺動物的證據要怎麼來？那比殺人還難定罪，但她不能放過他。不管被告席上站在他身旁的律師是哪位，一條人命加上一群動物的冤魂，這種禽獸還能怎麼抗辯？

那群孩子就在無人知曉的角落裡痛苦地死去了，周奕璇想著，然後那熟悉的身影又再次浮現。

「華生！在幹嘛！」

華生。華生在窗台上打哈欠呀，臉醜醜地皺成一團呀。牠愛的紙箱呀，不愛的指甲剪呀，貓砂呀、貓草球、肉泥、毛梳、逗貓棒、涼墊、絨布床、小魚餅乾。圓圓的頭呀，牠的眼睛，那綠色虹膜上小小的迷你閃電呀。

「現在去哪？」

李權哲問，周奕璇被拉回現實。

從烏山出發，不用十多分鐘他們就下了交流道。周奕璇剛收到這串地址時，就馬上認出那條熟悉的路名，余紹民的住處和陳雅貞的家在同一個社區。

「干城街。黎明新村。」

18

新增「二十一具」屍體！檢警偵辦遲鈍，越辦越嚴重！

還是犯著分析標題的病，周奕璇低頭看著手機螢幕。記者沒在標題上標明「動物」屍體，對民眾來說，二十具屍體很震撼，但如果那些屍體是貓狗呢？如果沒有親眼看見，對人們來說依然震撼嗎？但這些似乎也不是很重要，重要的是民眾會點開來看。

綠燈，周奕璇轉動方向盤。

晚上九點半，公益路底端的快炒店依然人聲鼎沸，熱氣熏著紅紅的薑母鴨燈籠招牌，隔著車窗似乎也能聽見人們的交杯與嘩笑聲。但才轉過一個路口，就像是過了異次元的屏障般，周遭變得一片寂靜，街上空蕩蕩、黑沉沉的。

X-Trail放慢速度，小心翼翼地駛在干城街上。周奕璇拉下車窗，整條路只聽得見自己的車胎輾過柏油的聲音。

「找到我。」

「什麼？」

周奕璇看向副駕駛座，他手上的威士忌原本還有三分之二，現在只剩下三分之一了。

「沒事。」李權哲也拉下車窗，看著枯暗的行道樹一棵棵經過，接著他突然把頭探出車窗外，回頭望著，嚇到了周奕璇。周奕璇瞥著後照鏡，車後只是一排行道樹，對面是黎明國中的後門，還有兩棵陰暗老榕樹前的一輛子母車。

李權哲盯了許久，才又縮回身子，接著又怪裡怪氣地沿路打量著空無一人的網球場、活動中心、社區圖書館，然後他突然開口。

「有人說話。」

周奕璇一陣雞皮疙瘩。她皺眉頭，轉臉瞪著李權哲，只見他仍盯著窗外。

「剛剛又聽到了。」

「你該去看個醫生。」

夜深人靜，車子駛到干城街的中段，停進路邊的停車格。

兩人下車後，李權哲點起一支菸，抬頭望著車格旁的晦暗建築。周奕璇討厭菸味，但現在這股菸味卻給她某種程度上的安全感，她不知道接下來會面對什麼樣的人，很可能是一個殘暴扼殺了數十條生命的變態。她循著李權哲的眼光望去，眼前這棟單層建築的鐵捲門沒關到底，露了一條縫隙，一面破舊的鐵招牌歪斜地豎在捲門上。

黎明市場

「怎麼了？」周奕璇問。

「沒事。」李權哲盯著那塊招牌，吐著煙。「走吧。」

「嗯。住址在這後面。」

兩個人繞過市場，沿著狹小的巷子走進住宅區，開始依稀聽見陣陣音樂從巷弄深處傳來。

他們停下腳步，站在一棟兩層樓小屋前，門口掛著他們要找的門牌，一旁的小庭院裡亮著一架烤肉台。以這個社區的靜謐調性，這房子的音樂聲算是有點超過。周奕璇聽出來是後現代搖滾的迷幻曲風。

「搜索票還沒下來。」周奕璇說。

「我知道。」

「我們就問個話。」周奕璇嘖了一口，「雖然我有一點擔心。」

「放心。如果是他，我會當場把他斃了。」李權哲彈熄手上的菸，周奕璇瞪了他一眼。

周奕璇痛恨搜索票的申請程序，她認為法官在制度上應該屬於最後公正的審判者。而身為偵辦方的檢查官，應該要有視案件情況直接簽發搜索票的權力。

雖然刑訴法一百三十一條有賦予檢察官緊急搜索之權，但不同於周奕璇現在的情況，長期以來的偵查型態大部分是由警方主動執行，相較被動的檢方，很少有機會執行緊急搜索。如果有，也要對目標有八成以上的把握，不然就等著寫報告。

他們站在木門板前，李權哲聞到一股熟悉的味道，是他以前工作時常聞到的味道。周奕璇注意到李權哲的後腰際之間衣服隆起的形狀，她看得出來有個東西插在那皮帶裡。而且，不會是其他東西，就是那把改造手槍。她驚覺李權哲剛才沒在開玩笑。

等周奕璇反應過來，李權哲已經用力敲了門。

敲門後的片刻，屋內的音樂聲小了一個幅度。周奕璇開始後悔帶李權哲來了。光是李權哲被停職，這趟行動就已經違法了，更何況，他還他媽的帶了一把該死的槍。

周奕璇突然伸手，從李權哲的腰際抽出那把東西，沒想到正要放到自己身後時，右手腕已經被李權哲牢牢地擒住。那是她第一次看見李權哲這樣的表情：震怒。

李權哲正要開口，眼前的門打開了。

門緩緩向內拉開，小小的門縫只露出一隻眼睛。

「我們找余紹民。」李權哲說，周奕璇也聞到一股味道從門縫裡飄出。

那隻眼睛變得有些警覺，「請問是？」

周奕璇想從外套裡拿出證件，「台中地檢署，我是——」

碰。門關了起來。

周奕璇錯愕了幾秒，然後與李權哲互望了一眼，她猶豫著，除了醫院裡的證詞，他們還有哪些可以強制訊問的理由？正思考時，李權哲突然一腳踢開了門。

「警察！」

李權哲跨進屋內，周奕璇才發覺那把槍已經回到他的手上。李權哲舉起手槍，屋內一片譁然。

四五個年輕男女手足無措地從沙發上站起身來，L型沙發圍著矮桌，桌上的物品清理到一半。李權哲瞄到了幾支掉在地上的大麻捲菸，周奕璇也看到了，她愣在一旁。大麻味充斥整個客廳。

「余紹民。」李權哲說，「出來。」

他凌厲地掃視著那群男女們驚恐的臉。大家不約而同地看向周奕璇的身後，一個男子倒在地上。男子見狀要跳起身來衝出門外，周奕璇反應過來時，李權哲已經抓住男子的後領將他摔回屋內，男子重重地撞上牆面。

「散會了。」李權哲說，大家驚慌逃竄，一散而空。

男子想起身，卻又被李權哲掐起後頸。他朝後抓著李權哲的手腕掙扎，想要轉過身來，不料在那手鬆開之際，槍身已經揮上他的臉，他摀著染血的鼻樑，縮在地上哀嚎著。

李權哲用腳把他翻過來，單膝壓在男子的肩上，他痛得大叫。李權哲扯住他的頭髮，槍管沉沉地抵著他的前額。

「我問一句你回一句，不然不用等法官，我馬上斃了你。現在的死刑太難判了。」

「判甚麼刑！抽個大麻是要判什麼刑！」

「或者你怎麼對你女朋友，我就怎麼對你。」

周奕璇拉不動李權哲，余紹民慘叫著。

「誰我女朋友！」

「你慢慢演。」李權哲站起身來，扯著余紹民的頭將他拖出門外。

「啊……放開我！誰我女朋友！」

「陳雅貞。想起來了嗎？」

「雅貞怎麼了！找到雅貞了嗎？告訴我！」余紹民吼著。

李權哲停下腳步，甩開他的頭。余紹民摔在路邊，人行道上染了血。

李權哲再次舉槍指著余紹民，子彈上膛。

「雅貞在哪裡……在哪裡……」余紹民爬在地上咕噥著，李權哲看了周奕璇一眼，只見她搖著頭。

「雅貞在哪？告訴我……」余紹民跪起來，用微弱的力道抓著李權哲的褲管，「告訴我雅貞在哪裡……」

「烏山。」李權哲看著他，「被埋在田裡。」然後褲子上那顫抖的手漸漸鬆開。

余紹民的臉扭曲起來，「新聞上……是她……」他開始抽泣。

「夠了。」周奕璇握住李權哲手上的槍，彈匣被退了下來，滑套拉開，子彈從側面彈出膛。李權哲對她這串流利的動作感到驚奇。

「我們進去。」周奕璇用溫柔的力道拉起余紹民的胳膊，他們走回屋內。

余紹民坐在沙發上，捧著裝冰塊的塑膠袋敷著臉。李權哲坐到一旁，掏出夾克裡的威士忌放上桌，像是要賠罪，只是余紹民更懼怕地又往沙發邊角挪動一些。周奕璇叉疊著手臂，靠在一旁的牆面。

沉默了好一陣子，余紹民才終於開口。

「雅貞出院後，回家住了一兩個禮拜就逃家了。瞞著她媽媽跑來住在我這裡。」

「住多久？」周奕璇問。

「大概一個多月。」

「然後呢？」

「沒有然後。」

「什麼叫沒有然後？」

「她人不見了。整個人消失了！」

「狗屁。」李權哲點起一支菸，「人突然消失，跑去烏山把自己埋起來？講給鬼聽啊？」

「我……我們吵了一架，她就跑出門。跟平常沒什麼兩樣。」他的手舉在半空，停了一下。「然後她就再也沒有回來了。」
「你們吵了什麼？」周奕璇問。
「不是什麼大事，你知道。每個情侶都會吵的那些沒意義的瑣事。」
「她有背包包或帶行李出門？」周奕璇問，「會不會她本來就打算要走？」
「不可能——我是說，我不覺得。而且她還騎了我的腳踏車出去。」
「腳踏車？」
「對。」
「她喜歡晚上騎腳踏車，在社區裡。她以前自己也有一台，只是留在她媽媽那裡，所以都借我的去騎。我沒差，反正我有機車上下課。」
李權哲吐著煙，死盯著余紹民的雙眼，但他只看得到那雙眼充滿悲傷，剩下的就是疑惑。周奕璇開始在廳內踱來踱去。
「吵架那天她出去後就沒有回來了，打了電話也不接。對，電話還是我出錢幫她辦的。我原本以為她回去她媽媽那住了，但也不敢去確認。」
「原本？」
「原本。直到有一天，我忍不住了，我想見她。我那時候覺得我們可以複合，是我吵架的時候講話太難聽了。」
「結果呢？」周奕璇問。
「我走去她家按了門鈴，是她媽媽開門的。我跟她坦承那一個多月雅貞都住在我這。但她竟然跟我說，雅貞也沒有回家！所以我們兩個就到派出所去通報失蹤。」

「你們一起去報案？」周奕璇露出訝異的神情。

「對。」

「哪間派出所？」她問。

「黎明。黎明派出所。」

「陳媽媽完全沒有提到你。」李權哲說。

「什麼？阿姨她沒說到我？不可能。」余紹民一臉不可置信，「你們可以去派出所問！我們真的是一起去報案的！」他疑惑著，陷入自己的思緒。

過一會兒，李權哲開口。

「閻羅王。」

「什麼？」

「閻羅王是怎樣？你在醫院裡跟小潔說的。」李權哲問。

「小潔是誰？」

「跟雅貞住在精神科的室友。你去探望雅貞的時候，會一起吃飯的那個女孩子。」

突然，余紹民的眉頭抽動了一下，怪異的神情在他臉上飛閃而過。李權哲想到當初陳媽媽一瞬間也有過這個表情。

「跟這件事有什麼關係？」他問。

「每一件事都有關係。」李權哲說，「她說你說了閻羅王，雅貞會去找閻羅王。為什麼？」

「地獄。」

「什麼？」

李權哲和周奕璇都看著余紹民詭異的表情。

「有一次我去醫院探望雅貞，那天我們吵了起來。我說她會下地獄，然後那個小潔，她不是智力有點不足嗎？」余紹民指著自己的腦子，「她不太識相，還問我地獄是什麼。我就趁雅貞去廁所的時候解釋給她聽。」

「然後呢？」

「我說，地獄裡面有閻羅王，閻羅王會找壞人。」

他們三個面面相覷，李權哲和周奕璇不知道自己剛剛到底聽了什麼。

「你們那時候在吵什麼？」

「她說出院後要來跟我住，我告訴她應該要先跟她媽討論。可是她不想，然後就又開始吵各種小事。」

「那為什麼說她會下地獄？」

「因為——」余紹民把話打住。「我真的不知道現在講這些有什麼意義，而且我也不——」

「說完。」李權哲冷冷地道。

余紹民嚥了口水，猶豫了一下，然後開口：「陳媽媽有跟你們說雅貞舅舅的事嗎？」

周奕璇和李權哲點頭。

「那貓呢？」

李權哲瞇起眼睛，「什麼貓？」他問，然後心中馬上想起鑑識組的電話裡提到荒田的窟窿附近有貓狗的毛，而他那天問過陳媽媽雅貞有沒有養寵物，陳媽媽的回答是沒有。

「雅貞會養貓。」余紹民說，「雅貞住院前，有一次陳媽媽問我什麼時候把貓帶回去，我才知道雅貞在她家裡養了一隻貓，卻跟陳媽媽說貓是我的。」

「然後呢？」周奕璇問。

「事實上是我跟雅貞在社區裡約會，她看到路上的小貓很可愛，說要帶回去養。」余紹民停住，張著嘴，像是在思考該如何說下去。

「問題就是：每次她看到新的小貓，都說要帶回去養。我問她，上次不是才帶回去一隻？她就會告訴我，上次的貓搞丟了。就這樣。連續三四次。」余紹民抬起頭來，緊張地看著周奕璇和李權哲的臉。

「陳媽媽不可能不知道。」他又說。

陳媽媽一個字都沒提。周奕璇感覺一片混亂，試著從腦袋裡撈出那天他們與陳媽媽的對話。但她能想起來的，只有雅貞舅舅是前科犯，會騷擾雅貞，但過世了。還有陳媽媽說過雅貞喜歡在晚上的時候騎腳踏車，這點跟余紹民講的相同。

「我不應該說這些的，雅貞都已經死了。」余紹民沮喪地說，但又瞄著眼前沉默的這兩個人。那個頭髮又長又亂的警察，與其說是警察，剛剛那個樣子根本是黑道；還有眼前這個女的，剛剛把那手槍退膛的樣子。他搓揉著太陽穴，覺得頭好痛。

「每次，她都說上一隻小貓不見了，跑回社區裡了。可是，我從來沒在社區裡再看過那些她帶走的小貓。你們懂這是什麼意思嗎？我沒有證據。但我覺得既然她說那些貓都回社區了，至少我會在附近看到牠們吧？一隻也好，我認得牠們的樣子，常常都是我跟她一起看到的，我也覺得很可愛。」余紹民清了嗓子。

「但從來沒有。我再也沒看到過那些貓咪，你們知道這是什麼意思嗎？」余紹民聲音開始發顫，「長官，告訴我你們怎麼想？我不知道。我真的不知道。她是我女朋友，我不應該隨便這樣誣賴她，而且她過世了。但有一次，我忍不住問了陳媽媽這件事。貓的事。然後她很生氣，叫我不要再說了。」

「後來雅貞就被送去醫院了。」周奕璇接過話。

「對。出院後就瞞著她媽媽跟我同居，就回到我一開始說的了。」

找到我。

那聲音又來了，李權哲的頭又開始痛了起來，他點了支菸，並乾掉桌上角瓶裡剩下的威士忌。

「來我家之後，她又開始了。她又開始帶社區的小貓回家，然後小貓又會不見，過幾天又帶新的回來。我想我們也有吵到這個，我其實有點怕。」余紹民摀著嘴，「然後就是吵架那晚，她騎我的腳踏車出門，就再也沒回來了。」

19

「我不知道檢察官也有槍械訓練。」

「並沒有。」周奕璇握著方向盤，他們聽著方向燈的聲音。踢躂、踢躂、踢躂。

「國中的時候我們全家去越南旅遊，我爸帶我們去胡志明市的靶場，他看到ＡＫ三十發只要十美金就瘋了。他是軍人。那裡什麼槍都有。」

「妳十幾歲的女孩子跟著扛ＡＫ比較瘋。」

「沒那麼難。阿富汗、敘利亞、金三角地區，世界上有很多十幾歲的小孩都需要拿ＡＫ。」

車子一路駛在七十四號高架道路，途中他們只有這段對話，關於案件隻字未提。深夜時分，他們再度回到烏山那棟透天厝門前。下車前，李權哲才終於開口。

「他剛剛的意思是陳雅貞會虐——」

「我知道他在說什麼。」周奕璇打斷他，「但從現在開始，你已經無權插手了，這個案子的所有事情。」周奕璇刻意不對到眼，冷冷地直視前方。

李權哲無動於衷地看了她一會兒，然後點了個頭，要打開副駕駛座前的抽屜，卻被周奕璇的手擋下，她順手替他拉開車門。

「保重。」她說完，車門被拉上，X-Trail的車尾燈便朝遠方揚長而去。周奕璇時不時地瞥向後照鏡，直到車子過彎後李權哲的身影消失，她才拉開副駕駛座的抽屜。

那把槍在抽屜裡隨車晃動著。

上一次，他在醫院傷了人，這次也一樣；他們甚至差點奪走無辜的性命。她決定沒收這把槍。但還有其他的理由，是她不願意對自己承認的：她不想有天，他突然從這世界上消失。儘管她知道只要李權哲想這麼做，一定有自己的方法，只是她不願意這個方法是在她的默許的情況下發生。她不想又再一次，閉一隻眼。

李權哲在馬路邊已經十分鐘之久，他先是倚著家門口的柱子，然後慢慢滑落，坐到地上。他抬頭望著二樓的陽台，燈還亮著，像是依然有人在等他回家。又過了一會兒，他看見一輛計程車慢慢行駛在夜路上，他起身，將它攔下。

※※※

凌晨一點，櫃台的菜鳥刑警橫向抓著手機，猛按著方向和攻擊。他暗自竊喜這個崗位，上頭的學長們都因為董事長失蹤案與女分屍案焦頭爛額，其實他已經不菜了，只因為學長們叫得習慣。剛做刑警時，他還流著滿腔正義的熱血，哪知道幾年內做的事都差不多，一天天消磨。現在他只想好好平安地上下班、過日子，存錢買車房。

遊戲打到一半，警局門口突然停下一輛計程車，後座晃出一個身影，他趕緊蓋上手機。他看著那人紮著倉亂的灰髮，破舊的假皮夾克，像是剛犯下槍擊案，前來自首的落魄罪犯。

他不冷嗎？菜鳥低頭看了自己身上的羽絨外套，再看看眼前衣衫襤褸的中年醉漢，一步步走上門前的階梯。他隨即想到局長給他的指示，準備應對眼前這個特殊情況，他已經在心中排演了好多次。菜鳥唰地站起身來，但那男人連看都沒看一眼，就走經過他駐守的櫃台。

「哲哥！」菜鳥喊住他。

李權哲轉過身，死沉的灰色雙眸、淚滴狀的疤直直劃下左顴。他站定看著菜鳥。

「局長……他……他說！」

菜鳥開始結巴。局長多次交代他李權哲停職的事，這次過年大家都忙翻了，而現在他唯一的工作，就是坐鎮門口，阻擋李權哲進到辦公室內。但此刻，他突然覺得眼前的情況比出任務危險得多。川哥說李權哲殺過人，整個辦公室除了練靶外沒幾個人在街上開過一槍。

李權哲沉默，依然面無表情地看著菜鳥。

「局……局長說！」

「我只是拿個東西。」

「好！哲哥晚安！冰箱有咖啡！」

菜鳥立即轉過身坐下。門前的冷風吹來，他卻滿背是汗。

走進辦公室，李權哲快步掠過他的桌子，走到後方的公用電腦前坐下。他抽出折在內襯裡的紙張，那份動保處近年虐待動物的檢舉名單，上頭沒有案情的細節，只有簡要列出姓名資料與案件標題。

手上幾頁的資料，都看不到陳雅貞的名字，他再次檢查電腦上陳雅貞的檔案，除了失蹤紀錄與通報失蹤時陳媽媽的精神科住院供述外，沒有任何其他的註記，更沒有虐待動物的前科。

找到我。

幻聽又出現了。他看著手裡那份檢舉名單，心中再次冒出那股詭異的念頭，是離開黎明新村後他就不斷思考的事。他不確定，但那無法解釋的直覺不斷在胸口震顫。

他拉開鍵盤，在電腦上輸入檢舉名單的第一個人名。

無紀錄

他接著輸入第二個人名。

無紀錄

這表示這兩名虐待動物的人，被檢舉後實際上並沒有遭到起訴，然後他輸入第三個人名。

李權哲點進資料，電腦上顯示著該飼主將一隻母土狗封口綁繩，任憑公狗交配。檢察官偵查最後結果是以違反動保法二十七條起訴，罰了五萬元。這個飼主除了這個紀錄以外就沒了，沒有其他註記。這不是李權哲要找的，他繼續照著檢舉名單在電腦上輸入著。

違反動物保護法二十五之一條

他點進資料，是一名寵物繁殖業者在台中霧峰的郊區私建繁殖場，稽查員突擊現場後發現環境惡劣，水與食物不足外，許多品種犬都染上皮膚病、眼部疾患。資料上寫著這名繁殖業主是慣犯，在兩年前曾經登記為特定寵物業者，經營買賣品種貓犬的店面與繁殖場，但在多次被檢舉後，他登記的數十隻狗被動保處扣押，罰了十萬多塊。而後，他在霧峰郊區再次私建大型繁殖場，突擊現場的稽查員在那扣押了總共兩百多隻犬貓。

李權哲跳出案件內容，點進繁殖場業者的個人資料頁面，然後他看到邊欄註記的一角。

失蹤人口

滑鼠的游標閃著。他找到了。

他趕緊拿起紙筆抄下人名，並把一旁的檢舉名單扯過來，將資料上所有從事繁殖業的姓名都圈起來，然後一個個輸在資料庫入口的搜尋欄。

失蹤人口

家人通報失蹤

登記失蹤

民國一〇七年通報失蹤

失蹤協尋

人名在他抄寫的紙上越來越滿。

最後，這份檢舉名單上的名字，有三成現在都標註為失蹤人口，被李權哲抄在紙上，其中有許多是繁殖業主。還有些人是因為積欠銀行帳單，經追查後發現整個人像幽魂般，消失在這個世界上。

你。

找到我。

李權哲察覺自己的手無法控制地顫動，那並不是害怕；相反的，是亢奮。他找到了。

「大仔。」

李權哲嚇了一跳，他站起身，看見林超從辦公室門走來，他迅速關掉電腦視窗，收拾桌子上的資料。

「局長說——」

「我知道。」李權哲回答。

「好。拍謝啦大欸，我毋知代誌會搞成這樣。」林超坐到李權哲身旁的桌子上，低著頭有些沮喪。

「沒關係。你又不是不知道我，幹。沒事。」李權哲拍了一下林超的肩。

「我今天看到拎某。」林超停了一下，修正自己的用詞。「前某仔。」

「她在幹嘛？」

林超皺著眉，突然有些難以啟齒，歪了一下頭：「一樣。」

「當志工？」李權哲問。

「嗯。」

林超只是隨便找個話題說了一下，卻發現自己好像又觸碰到不該提的。局裡的同仁都知道李靜案後，李權哲的老婆加入台中市精神衛生福利基金會的志工團。

然後一年內，他們離婚了。

「大仔，少喝一點！趁這陣子休息一下，過年。」林超按著李權哲的肩。

「好。林大隊長辦完案子再來我家坐。」

「隊拎蛤仔啦！雞掰。」

李權哲快步走出警局，離開前，眼光掠過局長的辦公室，裏頭桌上放著他的警證。他已經很久沒有這種感覺了，這份工作帶給他的亢奮。像是在迷濛的霧裡抓住一絲銀線，細小卻堅韌，循著這條線走，心跳加速，血壓升高，準備直擊黑暗深處的真相。

東北季風刮著警局大門，他開始覺得冷了。菜鳥幫他叫了一輛計程車，坐上車後，他告訴司機的地址不是他家，而是他老友的修車廠。他打算半夜把老友叫醒，領回他之前撞爛的Camry，儘管車頭可能還是凹的，但至少應該能開了。

計程車上，他拿出剛剛手抄的紙張。那張紙上，全都是虐待動物的慣犯，人卻都無影無蹤地消失了。但裏頭有個人很特別。這個人跟紙上的其他人一樣，被起訴虐待動物後不久就變成失蹤人口，但這個人不一樣的是，他的失蹤通報去年被取消了。

這個人回來了。他從哪回來的？李權哲心想。

紙上的地址寫著彰化縣線西鄉，李權哲曾去那裡辦過案，接著他細細地撕碎那張紙，然後打開車窗，紙屑隨著冷風捲入朦朧的夜色之中。

他思考著，他需要準備一些東西。

他得先去五金行一趟。

20

「我們都想要幫助雅貞，所以不要再說謊了。」

「我沒有說謊。」

「隱瞞就是說謊。」

「怎麼幫助雅貞妳告訴我？我現在就在幫雅貞，幫她辦喪事！我女兒的喪事！沒有人可以幫助雅貞！我讓你們檢調切開我女兒的身體，結果到現在還找不到兇手，跑來問我她會不會虐待動物？是這樣嗎？這樣叫做幫助雅貞嗎？妳有小孩嗎？」

周奕璇沒有回答。

下午一點，淡藍色的窗簾篩過外頭黯淡的微光，細雨聲緩緩奏起。陳媽媽坐在沙發對面，她一手抱在自己的胸前，一手摀著臉。她們沉默著。

「有一天，如果妳有自己的小孩。」

一滴眼淚流過她手背，割過那些深深淺淺的皺紋。

「童年會過得很快，非常快……快到妳自己都來不及認識她。」

周奕璇緩緩坐到陳媽媽旁，然後覆上她的手。除了這麼做，她不知道還可以說些什麼。

一直以來，她的工作就是站上法庭，擊敗公堂對面的壞人。站在那裡，她不能對那些人有任何的同理心，一絲都不能有，一旦稍微鬆懈，情況就會失控。她會被對面的辯護律師打敗，她所認為的正義，也會在法官面前垮台。

「我會抓到他，傷害雅貞的人。」周奕璇對她說，但感覺更像在對自己說。

「罪有應得……」陳媽媽的手更冰了，「我之前竟然這樣想過我的女兒……你們帶我去看雅貞的時候，她就躺在那裡，我看著她的眼睛……我知道自己看過那樣的眼睛……」陳媽媽擦掉臉上的淚，然後眼神忽然變得嚇人。

「我看過牠們。」陳媽媽打顫地說。

「牠們？」

「牠們有跟雅貞一樣的眼睛，爛掉的眼睛。牠們沒有手，全身都是灼傷……那時候，我覺得她一定是怪物……我怎麼會生出一個怪物……」

陳媽媽啜泣著。周奕璇攪動思緒，她想起第一次從這個家離開以後，李權哲在車上說他覺得陳媽媽少說了什麼，現在她知道了。

「有一次，我受不了。我趁雅貞不在的時候偷偷帶那隻貓去附近的獸醫院，然後，那裡的醫生要我填資料……我反悔了，我不知道自己在做什麼，我怕……我怕我會害了雅貞。我怕我會把自己的女兒送進監獄。」

「後來呢？」

「後來……有一天半夜，我聽見有人一直用力地敲著我家的門，我正要下樓去看，才發現是警察。」

「有人報警？」

「我不知道……但我讓他們帶走我弟弟……雅貞她舅舅，」她低下頭，「那時候，我想他反正本來就有前科，人生已經失敗了，但雅貞不行。雅貞還這麼年輕……」

「妳讓妳弟弟頂罪？」周奕璇驚愕地問。

陳媽媽點點頭：「動物不會指認……而且，他騷擾過我的女兒。那天晚上我叫他跟警察走，他自己清楚該怎麼彌補！」陳媽媽頓時目光如火，卻又在下一秒轉為悲傷。

「我是個糟糕的母親。我做錯了……我應該讓他們帶走雅貞。」

周奕璇說不出話，愣了一下才又開口：「可是……可是妳說妳弟弟在醫院過世了。」

「對，法官罰了幾十萬元，他付不出來，所以我幫忙付了一些。後來他發現自己得癌症，說不想治療了，我也不知道他之後在外面是住哪裡。然後有天醫院通知我，我人到的時候他就走了，沒呼吸了。」陳媽媽凝視著空無，沉思了一陣。

「總之，那時候的公設律師跟我說，虐待動物雖然在法律上會被判刑，可是台灣目前都還沒有被關的案例，大部分都是罰錢而已，要我放心。」

「動保法大部分會易科罰金。」周奕璇咕噥著，許多思緒開始串聯起來。

對，她想起來了。她和李權哲要去醫院的那天，他們接了阿川的電話，電話裡，阿川說了幾項雅貞舅舅的前科，裡面就有虐待動物，但當時他們沒注意。還有醫院裡，雅貞的室友說過，她喜歡跟其他病友聊男朋友跟「餵貓的事」。鑑識組的報告裡，寫著雅貞被棄屍的荒田有動物毛髮，他們當時覺得只是那附近的流浪動物。

但如果雅貞是單獨被囚禁的話，為什麼那窟窿還會有貓狗的毛？

周奕璇知道，對檢調來說，動保法的最高刑期是兩年徒刑，而且都會以易科罰金的形式折抵，在刑罰程度上算小型案件。加上蒐證困難，以及攸關法官的主觀理解、量刑原則，所以除非證據確鑿或情節重大，動保案件很難啟動。

「那身心科住院呢？雅貞在醫院裡面說——」

「保險金。我知道。我的確需要錢，但那不是重點。重點是醫生建議我讓她去治療的，我跟醫師談過她的情況，我說我不想報警讓她有紀錄。所以除了送她去住院外，我真的不知道怎麼辦，而且我……我……」

「妳怕妳女兒。」周奕璇說。

陳媽媽低著頭，然後又不禁開始抽泣。

周奕璇撫著陳媽媽的背，瞥見沙發前的電視機旁有面相框。相框裡，年輕時的陳媽媽坐在戶外的木椅上，對著鏡頭笑著，她的懷裡抱著一個肉肉小小、缺幾顆牙，頭髮還沒長的孩子。

那孩子也笑著。

21

海岸線一望無盡，浪花衝破成群的消波塊打上海堤。一長排巨大的發電風車面著海旋轉，攪動漫天飛舞的黃沙。

傍晚，線西鄉靠海的黑藍小路上，男子搖搖晃晃地走著，他撥弄自己油油的頭髮，嘴裡吹著口哨，肥壯的手提著鐵籠，籠裡小鬥牛犬一雙眼眨呀眨地，隨著他的步伐晃著。

牠是新同學。男子心想，他把籠子高舉到眼前，再次審視牠美麗的純種五官。

牠是女生，今天買來的純種法國鬥牛犬，剛滿一歲。

牠一雙眼睛看著籠外的景物。牠不知道從今天開始，牠即將生活在那只跟牠體型差不多大的籠子，然後度過幾萬個日子，直至終老病死。在那之前，有人會不斷地替牠打排卵針，讓牠不停生下許多小鬥牛犬，就像這座繁殖場裡的每一個女孩一樣，重複著無盡的日子，生產著自己沒有任何機會相處的孩子。

在牠們之中，幸運的會擁有自己的籠子，不幸運的則是共住，大家擠在狹小的空間只夠起身趴下。唯一能期望的，就是碗裡能有食物，或是今天能有人來添水。有時候，睡覺的地方會充滿自己的排泄物，但大家都一樣。

牠被放進鐵皮廠裡的其中一個鐵籠，牠的鄰居是一隻白內障的柴犬，與一隻皮毛髒亂、脊椎變形的馬爾濟斯。牠們的任務都一樣：用純淨的血液不斷地繁衍出下一代。大部分的牠們，從出生開始就住在這裡，直到意識的終結。

放眼望去，這座繁殖場囚禁著無數生命。男子瞟到其中一隻柯基倒在牠的糞堆裡，奄奄一息。

但沒關係。這種情形他常見，他今天太累了，決定明天再處理。明天，他會按照慣例，讓牠在野爐裡化成灰，於是又多一個空缺可以加入新的成員。

太陽漸漸從海岸線隱沒，男子滿意地步出鐵皮廠，拖著肥重的步伐走向南方的小木屋。他打算今天也像昨天一樣，來瓶小酒，慶祝明天。明天，他要從這裡運出一批新生寶寶，批發給市區的寵物店。當然，他會帶回大把的鈔票。他來到家門前，拿出鑰匙才發現門開著，或許是出門時忘記關了。

他推開嘎嘎作響的小木門。突然間，他感覺一個什麼從背後襲來，頓時眼前一片黑暗。

男子醒來，不知過了多久，他睜開眼——他發現自己睜不開眼。

這不是夢，他確定他醒來了，但無法動彈，只知道自己好像坐在一張椅子上，他感覺自己的兩隻大拇指在背後被束在一起，緊得很痛，似乎是束帶。他的手腕、雙腳也被同樣地束著，他離不開屁股下的木椅。

他試著呼叫，卻發現張不開嘴，他意識到自己的雙眼和嘴巴都被膠帶貼著，他開始悶叫、胡亂掙扎。這時忽然有一隻手沉沉地壓住他的肩膀，他嘴上的膠帶被猛力地撕開。

「啊——」

「沈國謙，五十五年次。」

一個低沉的嗓音從正前方傳來，但他的眼睛仍被貼著看不見，他抖著雙唇：「誰！是誰……啊——」他的胃接了一拳，一股噁心要從他嘴巴衝出，他的後頸被那隻手擒著。

「嘔……你幹什麼！是誰？你要什麼！」

「噓……」他的臉頰被拍了幾下，像是要他冷靜些，但他感覺接下來會很不妙。他發抖地坐直身，像在教室第一排聽見老師靠近的小學生。

「狗場是你的嗎？後面那一大片鐵皮屋。」

這一刻，他想起來了。他想起多年前的恐懼，他待過的那座地獄。

「不是！不是！」他開始連忙否認，突然，他的眼睛上的膠帶也被猛力地撕開，「啊——」他感覺自己的眼皮快要剝落了。他睜開眼，一道強光射向他，使得他再閉上眼睛。

等到重新睜開，模糊的視線漸漸清晰。一頭灰白亂髮的男人坐在他面前，握著手電筒。

是他嗎？男子心想，他看著那人臉上的疤痕，接著那人放下手電筒，不疾不徐地叼出一支菸，點燃，然後從口袋裡抽出一把摺疊瑞士刀。

「幾個問題想請教你。」李權哲說，「方便的話，誠實回答。」

李權哲乾掉手中的海尼根，是他在這間小屋裡的小冰箱找到的。李權哲從繁殖場勘查到這棟小木屋，等到這個胖子回來時已經過了一個下午，這讓他很不爽。

「狗場是你的嗎？」

「是你嗎？」

「誰？」李權哲問。

「沒……沒有。」

瑞士刀迅速插上胖子的大腿，他開始慘叫。

「我們重來一次。狗場是你的嗎？」

「是！是！是我的……啊——」瑞士刀從大腿抽出，胖子低頭看著那洞口湧出鮮血。

李權哲起身，走向胖子身後的冰箱再拿出一罐海尼根，接著拉開背包，拿出五金行買的建築用大型釘書機，在那胖子腿上的大洞上釘了三槍，他鬼叫著，血止住了。

「對不起！對不起！我不敢了！我不敢了……」

「我想找一個人。」

「誰！你找錯人了！」

「不，你知道他。你剛剛以為我是誰？」

胖子愣住，一時之間說不上話，地獄般的景象在他腦海裡擴散。

「兩年前你被通報失蹤，你去哪裡了？」李權哲問。

「我……我……我不知——」瞬間，他的另外一條腿又被插上了瑞士刀。「啊！幹！我不知道那在哪裡！我不知道！」

「你說的那裡是哪裡？」

李權哲抽起瑞士刀，再往那洞釘上三槍。

「啊——那是……地獄……你不可能，沒有人找得到他……他是魔鬼……」

李權哲再次舉起瑞士刀。

「不！拜託……你聽我說！拜託！」胖子哭求著，「我從來沒見過那種地方……他……他比你更殘暴……他不管你是誰……不管法律，只要被他抓到的人……」

李權哲將菸熄在那胖子的傷口，他又怪叫一聲。

「從頭說，清楚一點。我老了。」李權哲再點燃一支菸。

「之前……我在郊區有一間繁殖場……」

「哪裡？」

「太平。」胖子嚥了口水，「那是我剛被動保處吊銷寵物業者執照後不久的事。我在太平還有另一間繁殖場，一樣是繁殖純種狗的。有天我在繁殖場裡工作，很平常的一天，但我就突然昏過去，我也不知道為什麼。」男子抖顫著下顎的肌肉，抬頭瞄了一眼李權哲。

「就像剛剛一樣。」胖子說。

李權哲面無表情沉默著，示意要他繼續。

「醒來之後，我發現自己在一間籠子裡，但我不知道確切在哪，因為那裡很暗。那個籠子好像是狗用的，我的手腳都被鐵鍊拴著，然後……我被關在那裡很久……剛開始度日如年，但後來麻痺了，我覺得我會死在裡面，我真的會死在裡面……出來之後，我才知道自己被關了一年。」

「你怎麼出來的？」李權哲問。

「被放出來的。沒有人可以自己出去。」

「看過他的臉嗎？」

「沒有。他都是蒙面。」

「他為什麼放你走？」

「不知道。」

李權哲從包裡拿出一支老虎鉗，站起身來。

「等……等一下！代……代價！」

「什麼？」

「他說……我的刑期到了。他會讓我離開，但有代價。」

「什麼代價？」

胖子沒有回答。

李權哲瞪著他，長在那肥肉上的稀疏眉毛開始抽動，神情詭異扭曲。李權哲站起身走到他身後，把老虎鉗夾上他的小指。

「那就右手先來。」

「結紮！結紮！」男子哭喊道。

李權哲停下動作，無法理解自己聽到了什麼。

「結紮？」

「我記得那天，他突然打開籠子，把針筒插在我身上。等我醒來的時候，發現自己躺在田裡。一開始，我很激動，我覺得我自由了！但我馬上發現自己身上有傷口，很痛！我以為我要死了，當場又暈了過去。再醒來的時候，我就躺在病床上了，我猜是有路人報警。」

「繼續。」

「醫生說……」胖子吞吞吐吐，然後停了一陣，最後終於開口。

「我的睪丸被摘除了。」

李權哲喉頭一緊，下意識退開了一步。胖子的背影抖著，似乎要瀕臨崩潰。

「結紮不是輸精管——」

「狗不是。」胖子打斷他，「狗的結紮是摘除睪丸或子宮。」

「閹割……」李權哲呢喃著，頓時一股戰慄流竄全身，他快要找到他了。那肥壯的背影啜著泣。

「你在哪家醫院？」

「烏山醫院。」

「再說一次你從哪裡醒來？」

「我說過了！我不知道！」胖子失控了，「我怎麼會知道？田就是田！都是乾掉的稻草，像荒廢的地方！」

那座荒田。陳雅貞的爛屍再次浮現李權哲的腦海，他感覺這個傢伙沒在手軟，甚至可以說眼前這個胖子已經算很幸運。

「警方沒有調查嗎？」李權哲問。

「誰敢讓他們查？我還有一間違法繁殖場，跑都來不及了還要讓警察幫我查？」

「你說你被關的那個地方，你還有看到什麼？」

「人。關著一堆人。」

「有這個人嗎？」

李權哲從夾克裡拿出陳雅貞的照片，擺到胖子面前。

「我不知道。太暗了，根本看不清楚。」

「有貓嗎？有狗嗎？」

「沒有，怎麼可——」胖子突然打住，「我聽過……我聽到過！但我以為是自己聽錯了……」

「聽到什麼？」

「貓，是貓叫聲。從上面傳來的。」

「上面？」

「對。」

你——找到我。

烏山、動物、那兩個棄屍點……李權哲站起身，迅速將工具們丟進背包。他要離開了，他要找到他，時間不多了。是那裡嗎？他不確定。

「喂！我回答你了！把我放開！」胖子喊著，李權哲才剛跨出門口一步。

李權哲回過頭來，看著那胖子扭著身蠕動。他走回小木屋內，繞到那椅子後，然後打開小冰箱，拿出裏頭最後一罐海尼根。小冰箱上，放著那胖子的手機，李權哲用它撥給了彰化縣動保處。

上車前，李權哲回頭望向那海邊的小山丘，那座鐵皮繁殖場。他下午看見的景象簡直是地獄，烙印在他的心底。牢籠裡的每一雙眼，充滿著無處安放的忐忑，牠們無知，卻又無法反擊。

22

「還需要加湯嗎?」

「小姐?」

「啊!好。謝謝。」

傍晚，周奕璇在黎明路口隨意走進一家乾淨的日式火鍋店，店員拿著一台點餐平板站在她的座位旁。周奕璇雖然拿著菜單，但根本沒在看，只是一一地回答著店員的問題。

「好——可以——不，不要蔥——對——謝謝——這樣就好。」

平常如果是這個時間點，離家又有段距離的話，她通常會打開Google地圖，查一下附近評價比較高的餐廳，當作慰勞自己一天的奔波。但她今天的思緒太繁雜，沒有這種閒情逸致。

跟陳媽媽道別時，她瞥見躺在門庭的腳踏車，她想，那輛腳踏車他們上次來時就看過，大概就是雅貞的。余紹民說的話、陳媽媽說的話、雅貞室友的話；還有雅貞的屍體模樣和那座動物墳場。每個部份都不像她之前感覺的那麼彼此疏離了，好像已經有個什麼在這些線索裡，卻似乎也少了關鍵的什麼，讓她無法將一切串連在一起。

她忽然察覺手機已經在桌上震動了許久，便起身走到火鍋店外。

「阿川。」

「周檢，你沒記錯。雅貞的舅舅，林成興，有虐待動物的案底，第一次調資料的時候就有看到。」

周奕璇沉默著。當時就應該要把她舅舅的案底一個一個查的，她心裡想著柯南道爾在福爾摩斯探案裡寫著：「世間的一切就像根鏈條；我們只需要瞧見其中一環，就可知全體的性質。」而她就像是個迷途偵探，錯過了第一個環，所以之後也全錯過了。雅貞舅舅虐待動物的案底、那座荒田的動物毛髮、雅貞餵貓的興趣，一切是如此緊密的相關，但全被忽略了。

「周檢。」

「周檢？」

「阿，是，你說。」

「第一時間處理林成興虐待動物案的是黎明派出所，我這邊今天會把董事長案交接完，晚上可以跑一趟黎明。」

「沒關係，我人就在附近。我自己去就行了。」

「喔！那好。麻煩了，我事後再跟妳了解情況。」

「好。」

「啊對了，另外想問周檢，妳這幾天有看到哲哥嗎？」

「沒有。」周奕璇猶豫了一下，「他被停職後我們就沒見面了。」

「喔好。他這幾天都不在家，我以為是跟妳一起。」

周奕璇想，如果這時候李權哲在就好，她開始懷念他的直覺、辦案的果斷。她不確定自己現在的方向對不對。

結完火鍋的帳，周奕璇走向停在路邊的那輛台崎重機。那是忍者系列 650，她去年調來台中後，用三十六萬元買給自己的生日禮物。除了吃住開銷外，她的錢都存著，平常對衣服和化妝品也沒什麼物慾，唯一的 X-Trail 老休旅車也是爸爸退役下來的，直到去年她的存款終於達標，買下這輛她夢寐以求的紅牌。

預報說今天是今年冬天裡難得的二十一度晴，她終於又可以騎車出門，沒想到午後又下起雨。現在入夜了，溫度驟降，如同這個年假裡濕冷的每一天。手機顯示著攝氏十三度，周奕璇束緊手套，發動引擎。

※ ※ ※

晚上七點，紅藍色的光束旋轉著，陳世聰騎著巡邏車，在彎過干城街的底端後突然停了下來。馬路對面的榕樹下，兩三隻小野貓正翻弄著子母車旁的垃圾袋，似乎在找食物。

陳世聰望著牠們。

「怎麼了？」騎在前頭的學弟也停下巡邏車。

「沒事。」

他們騎回派出所，在路口等迴轉時，看見一對修長的腿跨下重機，停在派出所的階梯前。那人摘下全罩式安全帽，吐出寒氣，將褐色的捲髮甩到肩膀之後。

「嘶。」學弟用右腳踢著陳世聰的巡邏車，低聲道：「辣妹。」

他們在專用車格停妥了機車，跟著那女人進了派出所。沒等櫃台詢問，學弟就搶先在後頭出聲。

「小姐，妳重機這樣停在門口會妨礙我們進出喔。請問有什麼事嗎？」

周奕璇轉過身來，秀出證件。

「長……長官好！」

陳世聰看著學弟的臉垮了下來，暗暗竊喜。

「我想了解這邊之前處理過的一個案子。」周奕璇說，她察覺辦公室警察們的目光開始飄了過來。

「什麼案子？」陳世聰問。

「兩年前黎明社區有一件虐待動物案。作案人叫林成興。」

陳世聰愣住了。

「我想看你們派出所這個案子的資料，詳細的作案內容跟調查過程。」周奕璇說。

「好！馬上幫妳調！」學弟說完便快步走進辦公室。

「資料是有，還有一些照片，但內容敘述不多。我可以直接帶妳到社區的案發現場。」陳世聰說。

「你知道這個案子？」

「事實上，我就是當年處理這個案子的人。」

拿到資料後，周奕璇跟著陳世聰步出派出所門口。

「車子可以暫停一下嗎？」周奕璇回頭問站在門口的學弟。

「可以！」

「我們往這邊。」陳世聰偷笑著說。

陳世聰領著周奕璇往黎明新村裡走去，夜色漸濃，干城街上一片寂靜，微弱的黃路燈散散的暈在路面。

「這裡是網球場，旁邊這棟是圖書館。」陳世聰邊走邊簡單介紹他們經過的建築物。周奕璇記得剛才雨後的傍晚，夕光澄澈地穿過整條干城街，現在，住宅區和公設建築間沉著一股低壓，北風吹著四周枯樹搖著，像座死城。

他們來到一輛子母車前。

「到了。這是第一次發現屍體的地方。」陳世聰拿出影印好的資料照，「是一隻黑白花紋的母貓。」

視線灰暗，周奕璇拿出手機開手電筒，照片亮起的那一刻，手機從她手上掉了下去。

「抱歉，我應該先跟妳——」陳世聰急忙跟著彎下身去。

「沒事。」

周奕璇連忙撿起手機，然後跟他拿過照片。「沒事。」她將照片打亮，這次，她牢牢地盯著那血腥的畫面。垃圾袋裡，紅斑亂綻，那隻躺臥的賓士貓的眼睛糊爛，她抽了下一張，那隻賓士貓被取出垃圾袋，兩隻手臂被放在一旁。屍體上多處毛髮被剃成塊，全身遍布著灼傷。

跟陳雅貞一模一樣，賓士貓的頸部栓著那個項圈。

然後周奕璇終於忍不住撇開頭來，開始乾嘔。**只是照片。**她用力地告訴自己：**只是照片。**

但她知道這不只是照片。

「第二次是一隻公的橘貓。」陳世聰猶豫了一下，「妳還要看嗎？」

周奕璇點頭，接過照片，逼自己看了一眼後直接還給陳世聰，她把手電筒關了，撐著榕樹幹，剛剛的火鍋料像洪流般開始從她嘴裡湧出來。

陳世聰遞給她一張衛生紙，然後他們沉默了片刻。

「走吧，繼續。」周奕璇擦完嘴後轉身，邁開步伐前往下個地點，陳世聰隨後跟了上去。

他們走回干城街上，路上靜的只剩風聲。周奕璇想著第一天，他們在荒田看見屍塊的那天，李權哲說的針對性。雅貞的屍狀，遠不及貓屍的慘亂。如果那都是雅貞做的，那麼針對雅貞而來的就是某種憤怒。那種憤怒，周奕璇現在理解了，就在剛才看過那些照片之後。

「黎明市場。」陳世聰說，他們站在鐵捲門前。

「第三次犯案。這是目擊證人看到現行犯的地方，在市場裡面。設計不良的緣故所以有縫隙可以進去。因為裡面的攤販車都鎖著，偷不走，然後就一直放著沒處理。社區裡的流浪貓會躲進去，尤其晚上的時候。」

陳世聰轉過頭來，檢察官沉默著，她的側臉被暗影蓋住，無法看清。

「剩下的就是資料上寫得那樣。我們接到電話後，進入目標住處，林成興自己主動承認犯案，跟他同住的姐姐也跟著我們到派出所做筆錄。報請檢察官後，證據只足夠起訴一件，就是第三次，他唯一承認的那次。他在市場裡抓走一隻虎斑貓，名字叫做小斑。前面兩件他都沒認，也因為證據不足也沒有立案。」

突然，地上的水桶被撞倒在地，裡頭的刷子掉了出來，他們兩個都嚇了一跳。一隻三花色的小貓躲在鐵捲門下躬著背，眼神警覺。

周奕璇緩緩蹲下來，伸出手，小花貓一溜煙地跑開。

「小斑。你剛剛說的小斑，是誰取的名字？」

「在轉角那裡，妳看。那裡以前是一間冰店，老闆娘會餵這些流浪貓，但發生這件事之後動保處有來勸阻她，告訴她不能這樣餵流浪貓們。貓的名字是老闆娘取的。」

陳世聰打亮一張照片，照片裡一群貓還等在路邊，但冰店關著，沒有人。

「稽查員拍的。他們說餵食會讓這裡的貓變得親人，但這對牠們來說是危險的，牠們會變得相信人，不懂得防禦，稽查員也教育了老闆娘一些其他有關傳染病的問題。後來，那老闆娘就沒再餵食了，但不知道為什麼連冰店也收了起來。」

「你剛剛說，檢舉人同時是目擊證人對嗎？」

「對。」

「是誰？」

「是一位獸醫，叫杜克明。」

23

閉上眼睛，想像你正走在一條鄉間小路。

也許是某個傍晚，午夜也行，你看見了可愛的牠。如果你剛好手裡有好吃的，牠或許會跟你回家；或者，你也可以用任何方法把牠帶走，提著籠子漫步在路上，也許會被路人看見，但那也無妨。人們不會關心你要做什麼，也沒有人聽得懂籠子裡牠們的話，人們不會知道，牠們的叫喊可能是一種求救訊號。你不會有事。

閉上眼睛，想像你把牠關在籠裡。

你可以盡情享受生命凌駕於他者的快感，就算你拿施暴當娛樂，用監禁謀利益；牠們不會報警。因為牠們不夠聰明，不知道怎麼逃出這一切，因為不會有人找到牠們。你可以放心，你不會有事。

在這片土地上，要不為人知地迫害生命，其實沒那麼難。

我睜開眼睛。

四周白茫茫的一片，照理說這個時間應該要比較溫暖了，但體感上完全沒有變化。我只感覺周遭似乎有漸漸變亮，陽光被高高在上的針葉林遮擋，稀疏散在瀰漫林間的白霧。

儘管戴著全罩式的頭套，寒風還是吹得我眼皮刺痛。臥在結霜的土壤上，合成皮手套裡的手指似乎快凍傷了，卻又不能戴著行動不便的防雪手套。我調整好呼吸，重複適應著高海拔的低壓與喉嚨裡的冰冷，再次瞥了一眼左手腕上的電子錶，海拔的數字依然很不真實。

1,997(m)

2°C

06 : 18AM

身旁有足夠的掩體遮蓋，我藏在這片林中地勢較高的稜線之後，目光在霧林裡來回梭巡，然後又定回目標上。埋在前方不到四十公尺的枯枝裡，那具套索陷阱依然毫無聲息。

從工寮那處到這裡大概十分鐘的路程。定點後，一切動作必須放緩，因為在冬日靜謐的樹林裡，任何細碎的沙沙聲都會曝光你的位置，使你陷入危險的處境。背包裡的存糧很夠，我還可以再撐上幾個小時。

目標處突然有了動靜。

我架起槍身，將眼睛靠上瞄準鏡，鏡頭裡，那具陷阱卻安然無恙。

忽然一團黑影掠過準心，套索拉了起來，周遭的鳥樹驚動一陣。陷阱上的動物哀號著。

我迅速背起槍身移動，壓低音量碎步前行，來到那捕獸陷阱約二十公尺近的一塊大石。牠在地上掙扎著。視線霧濛，看不清楚是什麼動物，我在大石上再次架起麻醉槍。

這把槍是中國製，仿台廠的 Modell 50，動物長程麻醉槍。去年在廣西的某個市集裡看見的，老闆似乎看穿我的眼神，說不用怕過不了海關，他有通路可以海運過來台灣。他說只要把貨一同送給貨櫃船，混入其他網購的樂器貨品，甚至還可以宅配到府。他說大家都這麼做，如果不想給地址，甚至也有配合的快遞在指定地點交貨。兩個禮拜後的下午，一把不到十萬塊的麻醉槍就躺在我的手中。

牠仍在哀號著，但我必須繼續忍耐。一直到遠方一個黑影終於進到視線，我才又將臉靠上槍身，左手肘撐著石面，盡量抑制住冷顫。鏡頭內，那黑影站在陷阱旁左右張望。紅色準心慢慢移動那團影上。我深吸一口，再緩緩吐出，感受冰冷的氣流，彷彿周遭的空氣粒子都慢了下來。

「三，」

「二，」

咻——命中。

他的叫喊迴盪在林間，他開始掙扎亂轉，手不斷地伸到大腿後。我拔起槍，低身沿著林線飛快跑著。越來越接近了，我距離他只剩幾步遠，麻醉針果然被扯了下來。我抓好時機，反向舉起槍托，上前揮向他的後腦。

「啊——」

他跪倒在地，試著撐起身子，我跨上他的背，反手勒住他。他的防寒衣太厚了。我從腰帶上抽出一支針筒，然後翻開他的後領，一劑插進他的頸部。他一邊朝後扯著我握緊針頭的手指，另一手在地上胡亂攪著，我踢開他的土製獵槍，然後他的力量漸漸變弱，扯著我的手鬆了開來。

我鬆開勒住他的手臂，他整個人倒了下去。

我甩了他幾掌，確認沒有意識，接著往身旁看，陷阱上那隻山豬仍在哀號。我幫牠上了麻醉，牠就睡著了，我解開牠腿上的獸夾，用背包裡的醫療箱做了簡單的處理。

安置好牠後，我扛起那個男人，離開這座山林。

血壓仍高的我有些想吐，我打開車窗，讓山間刺骨的風灌上我的臉，心跳緩不下來。我調整了一下後照鏡的角度，那男人的四肢被膠帶牢牢地捆著，一動也不動地躺在後車廂。

九十五萬。

幾個月前，這個人被台中的檢警抓到。盜採山林之外，他的手機裡還被翻出兩隻台灣黑熊的照片。林管處的新聞稿裡，他對檢警坦承放置捕獵陷阱，等待獵物受困後，用土製獵槍當場擊斃牠們，再把牠們身上的皮肉全部割下來賣。其中一隻，還是幼熊。

他被判了刑，我忘了他被判多久的刑期，反正那也不重要。重要的是，他跟每一位虐殺動物的兇手一樣，刑期全數會被易科罰金。

九十五萬元。

只付九十五萬元，這個人就毫髮無傷地回家，繼續住在同一片森林；現在繼續舉起他的獵槍，對準下一個獵物。

在現代，要花一些時長以上的動物手術裡，醫師大多會利用誘導劑引導進入麻醉，再用氣體麻醉劑維持麻醉狀態，這是現代醫界與大眾比較接受的作法。氣體麻醉跟液態麻醉最大的不同，在於液態麻醉是全採用注射的方式進入麻醉狀態。在手術前，醫師必須根據動物本身的體況，預先計算好麻醉劑量，決定牠在這場手術裡的麻醉時長，以及甦醒時間。

但每個動物的個體差異相當大，有的一麻就倒，有的很難麻倒，也因此液態麻醉被大眾誤認較為風險。原因在於醫師一開始就要精確地把控麻醉劑量有一定難度，而液態麻醉只能注射加深，不能往回減淺；動物要甦醒，只能用身體慢慢代謝掉，因此甦醒時間較長。所以在較現代化的醫院裡，普遍讓液麻與氣麻相互並用。先用靜脈注射超短效的液體麻醉劑，接著再把氣體插管接到動物嘴裡，麻醉機就會輸出麻醉氣使動物維持麻醉狀態。

氣體麻醉在現代較常被使用，原因在於氣體麻醉的過程中，如果動物心搏較低，我們可以立即減少麻醉；如果血壓飆高，我們可以立即加深麻醉。麻醉師可以在手術的當下適當地控制麻醉狀態。但其實永遠都沒有最安全的麻醉藥物，只有最安全的麻醉師。獸醫師在選擇麻醉的方式時，會根據手術的不同、動物的體質，去量身訂做不同的麻醉計畫。

而我，也為他訂做了一個。

從大雪山下來後要走國道一號，進到市區時再轉上台七十四高架道路，大約一小時半的車程會到烏山。全程液麻的情況下，以他的體重，剛剛在樹林裡注射的劑量大致夠用，至少國道與快速道路的路段都走得完，頂多沿途再補。當然我也可以把他麻得更深一些，但就不能保證他一定醒得過來，這時候風險就會增加。風險當然指的是「我的風險」。

我要他醒過來。

如果他因為身體不堪負荷，就這樣永遠沒醒，那就算他太走運。我想，這種無痛的死法，太便宜他了。

鐵柵欄緩緩橫開，時間還沒過早上九點。冬天的烏山氣溫很低，但跟高海拔的山林比已經親切很多。

我駛進園區內，Lucky 依舊採著牠的義肢跑在最前面迎接我，但我沒有時間跟牠打招呼了。我打開後車廂，那男人眼皮微微顫動，似乎開始有些意識。不過這還好，我已經不再為此感到緊張，因為通常他還需要一段時間才能完全恢復。經驗上來說。

我扛著他走到屋後，打開那扇鐵門。陰暗的階梯伸往地底，沒有照明，但我似乎已經有了肌肉記憶，能夠一步步穩穩地踩著黑暗而下。

打開地下室微弱的黃燈，把他拖行了好長一段距離，終於來到最深處的牢籠，是前幾天剛空出來的。我把他手腳拴上牆鍊，剩下的，就是等他醒來，面對自己的刑責。

把籠子鎖上的時候，我發現自己的手沾滿了血，那深紅掌紋間泛著斑駁的黃光，我看得出神。

一會兒後，我提著鑰匙串準備離開地下室，路過一間又一間的牢籠。

「我要告死你！」

我停下腳步，看著另個牢裡的男人甩著鐵鍊，還有他憤怒的眼神，他是最近新來的。每當我來到地下室，他就會對我狂吼，沒想到快一個禮拜了他還有體力。

「我會告死你！你有在聽嗎？」

我不知道當初牠們有沒有試著這樣對他吶喊，不管是憤怒，還是乞求。但或許他也不在乎吧，他只想到他自己，跟人類自私的娛樂。我轉過身來，眼光緩緩掃過整座地下室，一一掠過鐵欄裡那些失魂的雙眸。

這些人，是法律無法解決的人。

那些刑法、動保法、森林法能對他們做的，就只是罰錢。一條命值多少？一隻腳值多少？那些從出生就開始忍受折磨，到最後接受命運，放棄。一生受難的過程又值多少？

當我抓住他們的時候，每個人總是問我同一句話。

「你是誰？」

我是誰？我也常問自己這個問題。我是正義嗎？不是。如果我不是正義，那我到底是什麼？

我只是個私刑者，做著台灣法律沒做到的事。

所以現在，我也跟關在這裡的人沒什麼不同了。我們都一樣；我也站在法律之外，獵捕、囚禁著其他生命，只是為了滿足自己。

關上了燈，地下室再度進入一片黑暗。

我赤腳踩在草皮上，把身上的衣物脫下，與剛剛那山老鼠身上的一起丟進火桶。焰火燒著，寒風中灰燼紛飛。我平舉著手，用掌心感受那火焰浮動的溫熱，看著指縫間的火光熠耀。有時那熱氣會烤傷我，但我會忍著，或許這是一種贖罪，因為這時我的心跳才可以真正緩下來。

做完園區裡的工作後，我再次坐上那輛積滿塵沙的 RAV4。我順著山路而下，沿途開始出現台中市區遠遠的輪廓，我駛到一座路邊的荒田，打算回收這裡的乾稻草到園區裡。

然而隨著我慢慢駛近，我沒有停下車來。

整座荒田被圍著封鎖線。

荒田邊的電線桿上多了幾支不協調的新監視器，我放慢車速，遠遠看見田中央那個被挖開的大洞，旁邊堆著土。

那些回憶席捲上來，洶湧纏住我的雙腿，將我拖下去，拖進那黑暗無盡的深海。那瞬間彷彿時光的暗潮開始倒流，回到一切的起點。

回到我埋了她以前。

24

虐殺亮亮和大橘的兇手被扣押後，檢察官開始蒐集證據準備起訴。台北的動物法醫單位也特別派人來到台中，對牠們進行司法相驗。最後我被允許領回牠們。

那天，我帶著檢察官給的相驗證明書到了殯儀館。

「決定好要火化了嗎？還是……？」

牠們大概不想被火化吧，身上的灼傷已經是那麼痛了，我準備了兩個美麗的小木盒要接走牠們。里長告訴我牠們不能埋在黎明社區，我想也很合理，但因為那是牠們的家，我還是開口問了。

最後，我打算把牠們葬在我的動物之家。那裡有我，也有其他孩子們。雖然我不確定牠們喜不喜歡那裡。

傍晚，我開著休旅車，緩緩駛在烏山的小山路上。我稍微調整了後照鏡，看著後車箱的那對小木盒，牠們就這樣乖乖地、靜靜地躺在裡面。

「不會痛了。」我輕輕說。

過了一個彎，夕光忽然湧進我的車裡，後照鏡上，木盒子被光暈暖暖包覆著，光塵溫柔地飄在牠們身上。然後車子越來越慢，越來越慢，最後在山路邊停了下來。視線變得好模糊，眼眶好熱，我的額頭抵著方向盤，然後發顫，放棄抵抗。

「不會痛了……」

不知道過了多久，我打開車門，穿過暮色走進山路邊的荒地。暖橘色的太陽在天邊低垂，今天它似乎走得特別慢，像在送別。我站在崖邊靜靜地曬著，眺望遠遠的城，好像我們都一起又回到了黎明新村的日落大道。

我打開後車廂，把牠們抱到那座荒地裡，帶上我的鏟子。我想這是我們最後一次一起看夕陽了。

半年過去，那之間我的獸醫分院開幕了，兩位新院長分別帶著各自的團隊，讓兩間醫院營運得很順利。我把辦公室給了江翊寧，但黎明的家裡空間不夠，我又不想把從辦公室整理出來的雜物胡亂丟掉，於是就把它們載到烏山的動物之家暫時堆著。

我漸漸感覺累了，開始淡出這個事業，我自己的薪水和醫院多餘的營利都放在動物之家裡的孩子們。那之間動保處的青年也聯絡上我，關心事後的情況，我主動告訴他希望可以合作，如果有我能幫得上的地方。

我開始為動保處義診，特別是受虐動物，然後成為了動保處固定合作的獸醫。在那裡，我看見的孩子與獸醫院的不同，我看見的是沒有人為牠們付醫藥費的孩子。那段日子，除了自己的動物之家外，我幾乎全心投入動保的醫療救護。

直到有天，我私下要求那位青年，讓我跟著稽查隊出任務。

我想知道我正在救的孩子們是從哪裡來的，他很猶豫，最後還是答應了。次日凌晨，我們抵達霧峰的一處郊區，我靜靜地跟在隊伍後行進著，最後埋伏在一棟平房附近。

一輛廂型車從街口出現，在那棟平房前熄了燈。接著他打開後車廂，裡面堆著大大小小的籠子，裝著幼貓幼犬。他正要把牠們運進平房時，稽查隊衝上前去攔下了他。稽查隊進了那棟平房，我也跟在後頭，看著他們打開客廳旁的一扇房門。

那一刻，我的人生第一次，見證了地獄的存在。

兩百多隻貓狗，被塞在二十坪的空間裏。

現場散發著惡臭，我快要吐出來。許多品種貓狗的指爪變形、全身脫毛、皮膚病得潰爛。牠們被關在狹小的空間，甚至四五隻馬爾濟斯、鬥牛犬擠在同一間小籠子裡。

可是牠們怪異地好安靜。

我打開其中一個籠子，是一隻雪納瑞，我在牠的頸部摸到了一條痕跡，那瞬間我明白了。

牠們被割除了聲帶。

牠們被割除了聲帶，只為了不被附近的住戶關注。

我默默轉身，走出房門，然後開始奔跑。我直直衝向屋外那繁殖場業主，他正被兩個稽查人員押著。

「你還是人嗎！」我抓著他的衣領撞上門口的廂型車，「說啊！」

稽查員衝了上來，用力把我架開。

「說話啊！你是人嗎！」

我被強拉上了我們搭來的九人巴士，一直等到當地的派出所到場支援，處理完這樁非法繁殖案，稽查員才陸續回到車上。

將近三百隻犬貓裡，有一百多條聲帶都被割除了。

「我的錯。不該帶你一起來。」

那青年開著車，我們行駛在台七十四號高架道路，準備回到市區。

他告訴我，這個男的是累犯，已經被抓過一次。上一次他被罰了十三萬，這次是第二次，會加重刑期，但按照慣例他的刑期會易科成罰金。

「憑什麼？」

「可能是社會資源的分配吧，徒刑也是一種社會資源。他們的刑期都會抵換成罰金，說是量刑原則。台灣目前也沒有人因為虐待動物真正服刑過。」

「所以他根本就不會被關？只會罰錢？」

「對。」

「那我們到底在做什麼？這樣還有什麼意義？」

「救那些孩子。」青年握著方向盤，沉默了一陣。「還是要有人做。」

過了午夜，我仍然睡不著，便起身換上運動裝。

新聞說今晚的氣溫會下探十度，我把連身帽戴上，沿著干城街慢跑，呼出的白氣撲著眼鏡。我感覺有些使不上力，似乎是因為一小時前吃的安眠藥。自從大橘離開後，我又開始吃藥了，但似乎越吃越沒效。

我走上派出所的樓梯，櫃台站著一位沒看過的警察，阿聰在辦公室裡頭看到了我，便走出來跟我打招呼，他知道我為何而來。這半年來，每次順路經過派出所，我都會進來問一樣的問題。但這次，阿聰的眼神與之前都不一樣了。那是猶豫。

「有結果了。五個月有期徒刑。」他把話打住，然後看著我：「易科罰金三十萬，併科十五萬罰款。」

我沒有回應，自己默默走出警局，也沒理會他喊著我。

我回到干城街上，一步步拖行著，感覺似乎有在前進，又像是原地踏步。然後我開始奔跑，用力跑，不停地跑，直到最後用光力氣跪在柏油路上，汗一滴滴落下。

我抬起頭來，汗滲進眼裡模糊不清，我揉揉眼，當視線回來的時候，那扇鐵捲門又出現在我的面前。

半年過去了，黎明市場的鐵捲門下依然露著縫隙，也依然沒有加裝新的監視器。這些，都是他們承諾過的。半年來，我自以為的拯救生命，現在看起來都只是不斷重複的日夜交替。救了一個，還有另一個；救了一群，還有另一群。然而那些禽獸，只是一次又一次地被釋放出來。

我走上階梯，在鐵捲門前趴了下來，翻了進去。

黎明市場內一片漆黑，我摸黑走著，來到市場最深處，找到事發當時的那個攤販。忽然之間我瞥見地上有一個熟悉的輪廓，但視線太暗，直到我慢下腳步緩緩靠近時，我才終於確定自己看到了什麼。

一具鐵籠。

我確定，那是同一具鐵籠。至少是同一種款式，跟半年前的一模一樣。我的心跳開始加速，一切彷彿重新上演，我躲進一旁的空豬肉攤下，渾身顫抖。但這次，我不再感到恐懼了。

我感覺到一股力量衝撞著我的胸口，像水壩的閘門被頂著，然後我站起身，再次靠近鐵籠——唰——關籠聲迴盪整個黎明市場，我悄悄提走籠子，躲回豬肉攤下。片刻之後，我聽見有個腳步聲逐漸靠近，我從攤子的空隙看了出去。剛剛放置鐵籠的位置，站著一個人影，正左顧右盼。

他似乎在尋找著他的東西，接著意識到不對勁，準備要離開。那一刻，我衝上前把籠子砸上他的後腦，他倒了下去，靜止，沒了任何動作。

我打開手機的手電筒，是個女的，頭正流著血。

我的腦袋一片空白，向後跌了一步，籠子掉在地上。我跌跌撞撞地翻出黎明市場，驚慌地在夜路奔跑，然後看見我的車子就停在干城街上，我上車，鎖門，顫抖。我該怎麼辦？我該怎麼辦？然後我瞥見副駕駛座底下，放著我在動保處工作的行動醫療箱。我插上鑰匙，發動引擎。

緊急包紮後，我載著她前往醫院的路上，突然，路口的號誌轉為紅燈，我下意識煞住了車子。我可以闖過去。我想起我曾高舉著手闖過這樣的紅燈，為了救那躺在路口的生命；我想起我曾這樣載著小斑到醫院裡，親手摘除牠的前腿。我想起亮亮，我想起大橘，牠們都躺在垃圾堆裡，被自己的血液淹沒。

我把車子掉頭。

凌晨兩點，我開著 RAV4 在台七十四號高架道路狂飆，時速來到一百三。我調整了後照鏡，看見她在後車廂靜靜躺著。出發前，我回診所裡拿了針和縫線，把她頭上的傷口縫了起來。

下交流道後我駛在鄉間小路上，一輛巡邏車從對向道駛來，警示燈旋轉著，與我擦身而過。我握著方向盤，冒著冷汗，在這條鄉間小路的底端右轉，加速駛上烏山。

鐵柵欄緩緩移動，我駛進園區，狗群奔向我叫著。我打開後車廂，把她扛到屋後，然後打開那扇鐵門，進到地下室。我看見那些大狗用的舊鐵籠，我把她放進籠裡，然後鎖上。準備上樓前，我看見樓梯口旁堆著我舊辦公室的雜物，我愣了一下，接著跪在地上瘋狂翻著那些箱子，然後我找到了那條項圈。當時小斑脖子上戴著的項圈，與大橘和亮亮一樣的那條。原本要和捕獸夾一同交給檢察官當證物，卻漏在醫院裡，整理辦公室時才發現。

我拎起項圈回到那鐵籠，套住她的脖子，然後鍊上籠子的一角。

再次鎖上籠，我奔上樓，跪在馬桶蓋前吐著。

結束了。

那裡再也不會有生命被帶走，再也不會有屍體被包著垃圾袋丟進子母車，再也不會有誰失去雙腿、失去雙眼、胸口被鋸開、滿身灼傷。

大橘，結束了。

夜晚過得很慢，我在馬桶蓋和客廳的落地窗之間徘徊。偶爾我頭靠在窗上，望著深邃無光的夜空。整個晚上我都在顫抖，不斷地告訴自己：人必須選擇，選擇你相信的事。

直到拂曉時分，我的頭仍靠在落地窗上，天光漸漸吞噬那被玻璃反射的紅腫雙眼，我不知道該怎麼度過接下來的人生。

忽然，一陣音樂響起。

我猛然一震，才意識到這是園區的門鈴。有人在外面按了電鈴。

電鈴響了很久，我認為我不該去應門，但我隨即想起我是不是忘了關鐵柵欄？我完了。

那人會不會走進來？我看了手錶，才早上七點多。我脫了那沾到血漬的連帽外套，在廁所裡快速洗了把臉，反覆確認自己的手上有沒有多餘的污漬，然後戰戰兢兢地走出屋子。

一步步走在薄霧之中，隨著我逐漸靠近，單車和人影的輪廓在鐵柵欄口若隱若現。是那女孩。

是以前幫園區裡貓狗拍照的同學。她這次也是騎單車來，似乎就住在烏山附近。然後我們對上了眼，我慢慢走向她，幾隻狗在柵欄外圍著她打轉。

「牠們變胖了。」她半蹲笑著說。

「園區現在不開——」

「秦伯伯要我來，」女孩打斷我，「他說我考完試後可以回來幫忙你。」

「不需要。」我試著鎮住顫抖的嗓子，「以後也都不需要。」

她愣了一下，似乎有些疑惑，隨即又馬上微笑，禮貌地點頭：「好。」她拍拍身旁的狗兒，把牠們趕回園區。

「秦伯他很好，淑姨的化療也很順利。」她說。

「好。謝謝。」

她看了我一會兒，那是一雙寬容、溫柔的靜謐眼眸。她轉了車頭，跨上車去準備離開。

「嘿！」我喊住她，「妳叫什麼名字？」

她回頭，一開始是猶豫了一下，然後又瞇著眼笑了。

「李靜。」她說。

「木子李，安靜的靜。」

25

車子在紅燈前停了下來。

市政路上，現代感的辦公大樓盤旋在上，紅、靛、青各色燈光交互相融著，它們在夜空下仰望起來無比絢麗。熙來攘往的西裝人士穿梭在氣派的歐風餐廳、日式足體養生館、星巴克。市政路的西側就是七期高級住宅區，東側則是惠來里，台中人通常把那區稱作惠文，而黎明新村就座落在惠文的南邊。

綠燈亮起，我沿著市政路繼續向北前駛。原本導航告訴我應該要走中港路（台灣大道），但我選擇平行在它南邊的市政路。因為現在是通勤時間，加上今天的活動，中港路會被塞爆，不可能有車位也不能臨時停車。

十幾年來，這是我唯一來市政府的一次。上一次大概是高中了。記得是十七歲的跨年夜，那時候年紀小，只能與同學搭公車代步，所以跨年活動的選擇當然也就很少。

那天下課後我們去新光三越亂晃，晚上再沿著中港路走到市政府前廣場倒數，等待煙火。在今天以前我從沒思考過，外地讀書畢業回來台中工作後，為何沒再去那廣場倒數過——當然不會，長大後回頭看那簡直無聊透了。但那時候很年輕，而且很快樂，只是記憶裡身旁的臉早已變得糊糊淡淡的。

今天是十幾年來的第一次，大概也會是最後一次了。世界上有些事情很難預料也很難相信，就像是我上次才問起那女孩的名字，這次就要參加她的祈福會。

網路、電視、手機，各種媒體瘋狂播送著李靜的相關新聞，幾乎是什麼都播。他們說她剛考完學測，一群同學半夜唱完KTV，沿著中港路散步去搭公車，就像高中時的我們一樣。然後事情就那樣發生了，有一把刀捅進那女孩的心臟，而且是一個她從未相識的陌生人。我不確定是不是真的刺在心臟，但新聞上是這麼說，其實有的說胸口、有的說心臟，但那也不重要了。總之，李靜的死震懾社會。

民眾為她辦了祈福會，雖然不是辦在事發當下的地點，說來諷刺，台中市政府就在事發地點附近，所以他們選在中港路上的市府前廣場。廣場上，大家在這裡緬懷她，也一邊提醒政府；提醒台中市長；提醒總統；提醒台灣司法，有個女孩沒有理由地被殺害了。

「到了。」

車子停在惠中路上的公立停車場，秦伯從後座下了車，我從後車廂拿出輪椅，我們推著淑姨來到現場。

廣場上，許多暖黃色的燭火移動著，大家排著隊，點燃自己手中的蠟燭，然後捧著它獻上廣場前的小階梯。我看著坐在輪椅上的淑姨，那些微小的金紅星芒在她的眼鏡上聚散。階梯上，蠟燭堆旁放著許多鮮花、卡片，我看見一對父母抱著他們的小孩，讓孩子獻上親手作的畫。那幅畫上是一個用蠟筆畫的女孩，長著天使的翅膀。

人群簇擁著我們向前。獻完蠟燭後，我們跟其他民眾一起靜靜地坐在地上，聽著廣場旁不插電的吉他。那人歌頌著，輕輕慢慢的。

「Take on me,take me on……I'll be gone……In a day or two……」

廣場上，人們一面思念她，一面祈禱正義降臨。

現場沒有李靜的照片，但我的腦海卻不斷浮現她就坐在單車上，回過頭來的樣子。

「木子李，安靜的靜。」

我看見有些人默默拭淚，是認識她的人嗎？我心裡想著，或許這之中的許多人都比我還要難過。我跟她只是講過幾句話，實際上對我來說，這件事的錯愕大於哀痛。只是我們說話的日子太近了，記憶太新了。那時候雖然她的臉蒙上一層薄薄的霧，可是她的眼神，她的口吻，到現在都還有溫度；反而是這座廣場好不真實。

我看見許多法師主動來到現場誦經，也看見許多牧師在一旁低聲禱告，這些人都是從哪裡來的呢？

音樂突然停了。許多人向後望去，一個女人被攙扶著，手裡捧著蠟燭緩緩經過地上的人群，人們都安靜地望著她走上前。

她想蹲下身子，但幾乎是跪了下去。她顫抖著，小心努力地把蠟燭獻上，然後拿起一旁階梯上的蠟筆畫。

她看了那幅畫，然後把那畫上的天使擁入懷裡，很深，很深地擁著她。

燭光搖曳，微弱地暈著李靜媽媽的剪影。群眾們紛紛站了起來，但沒人說話，大家只是靜靜圍著她，像是這樣就能給她力量。淑姨也想從輪椅站起身，但秦伯按住了她，他們就這樣一直凝神望著。

那剪影發出了微小的顫音：「**謝謝。**」那一刻我的心縮了一下，她們說這個詞的口吻幾乎一樣。

她被人攙扶起來，離開廣場。

幾天後的早晨，手機的通訊群組跳出了一則訊息，是一條直播網頁連結。我點了開來，畫面裡，戴著安全帽的兇嫌被警察押下階梯，四周媒體包圍著。鏡頭突然特寫了另一個男人，他衝上階梯，被另一群警察們架住。他揮拳叫罵著，畫面混亂搖晃。

「她想要躲開——我女兒！我女——」

直播嘎然而止。

那悲痛的父親消失了，只剩下黑畫面，黯淡反射著我的臉。

我拉開窗簾，光線刺眼，儘管窗外還壟罩著晨霧。我從沒意識到這片落地窗原來有窗簾，大概是從多年前認識秦伯淑姨後，它就沒被拉上過。一週以來我都躺在這裡的地板上，從沒真正睡著。直到清晨，陽光會刺醒我，或是廳裡餓肚子的小貓會湊到我的臉旁。

祈福會那晚，送秦伯淑姨回醫院後，我開往黎明新村，到的時候已經是半夜了。看見二姐的店門上貼著「頂讓」，我才察覺似乎從亮亮和大橘死後，我們就再也沒有聯繫，也沒有在店門口相遇了。黎明新村的布告欄上，貼著一張失蹤協尋，上頭的名字寫著陳雅貞。我回到社區的家，拿了幾樣生活用品後又再回到烏山。

我封了地下室唯一的窗，只留下通風口，這裡變得像是永夜。我打開微弱的黃燈，籠子裡食物盤空了，她縮在角落，就像她醒來後的每一天。我換了一盤新的食物，一切是詭異的自然，就像她知道自己為何在這個地方，而我像是領著工資，每天做著我份內的工作。

每次我有一點動搖，我就會提醒自己：我的孩子被她殺了，只因為她想這麼做。

黎明新村租屋處退掉了，我把需要的家具都載過來烏山。

我漸漸適應被晨光喚醒的生活。我會先幫屋內的小貓們放飯，再來是屋外的狗，接著在園區裡打掃、澆花剪樹、清狗屎貓砂。下午，我會爬到這棟單層建築物上，繼續加蓋著二樓，我打算讓一樓隔出一個新的醫療間，自己則住在樓上。

晚上，我會去地下室更換昨天的餐盤，通常我只下去一次，一次就是一天份的食物，她似乎也會分著吃完。

某天，動保處的青年打給我，問我能不能回去幫忙。剛開始我拒絕了，但電話裡他說繁殖場的動物太多，醫療資源不夠，於是我又暫時回到動保處，打算待到他們找到穩定的新醫生。

「喂，發什麼呆?東西都搬完啦！」江翊寧說。

「喔。就這些?」

我跟她站在獸醫院外，貨車司機在車門旁抽著菸。黎明總院的醫療設備要更新了，我打算把退換下來的其中一套送給動保處。他們沒預算，但至少可以騰出一個空間，對以後跟他們配合的醫生也會更方便。而另一套設備我打算自己帶回烏山。

「抱歉啦！因為你都沒回訊息，想說你要休養，就不吵你，自己先決定了。」

「沒關係。妳本來就可以決定。」

江翊寧知道大橘的事，那之後電話裡討論醫院時我常心不在焉，最後都請她自行決定。她大概也認為我已經無心醫院了，所以另一間分院長連絡不到我時，她也都會幫我下決策。

「你沒事吧？」

「嗯。」

「太久沒看到你了，感覺變了個人。」

「有嗎？」

「有啊。」

然後是一陣沉默。

「雖然有點突然，」我透過玻璃看著診所內，那個櫃台還是我當初特別去訂製的。「我在想，醫院要不要就給妳了？妳就像現在這樣經營它，幫我留一份營收就好。」

「好啊。」

她回答得太乾脆，反而讓我有些訝異。我們又沉默了一會，她才又開口。

「你很累吧？」

我沒回答，只是看著醫院點了頭。她左右張望了一下，便脫下她的白色醫師袍，從牛仔褲口袋裡拿出一包寶亨一號。

「我可以理解喔，」她點燃唇上的菸，「你知道我自己沒養寵物吧？」

「我不知道。是嗎？妳好像沒說過。」

「你也沒問我啊。」

「所以為什麼？」

「就因為是獸醫呀！」她宣布，然後凝望遠方呼出淡淡的白煙，「心痛是沒有辦法習慣的，所以只要我沒有特別愛的，就沒有特別痛的了。」

我沉默著。

一會兒後，她用鞋底熄掉了菸，「唉呀，好麻煩呀！過一陣子再說吧。與其醫院現在要給我，不如這幾個月薪水多一點。」

「好。」我回答。

「開玩笑的。」

我準備前往動保處卸下醫療設備，臨別前我們相擁。

「其實沒開玩笑，加薪的部分。」

「好。」

路途上，我想著江翊寧。她會對醫院的事那麼乾脆是自然的，因為她根本不在乎，她在乎的不是醫院，而是我。我好像早就感覺到了，只是現在太晚了，我已經沒有辦法愛人與被愛了。

整頓好動保處的醫療間，午後，我站在馬路邊，看著文心路熙熙攘攘的人潮流動。才在烏山待了一季，就感覺自己已經脫離這個社會了。我注意過商店櫃檯上的雜誌，上頭是一個我不認識的明星八卦，門口的報紙頭版寫著史上油價的最大崩跌。我發現自己好久沒有接收到這些資訊了，所有人們關心的事對我來說都漸漸變得毫無意義。

我想起住上烏山以前，那時的媒體、官員、網路上的人們，每個人都振臂疾呼著自己的意見。不同專家學者、不同立場彼此對立著，人們爭論，不斷問著那些相同的問題；關於李靜，關於隨機殺人，關於我們的社會出了什麼問題。

可是現在，我想世人淡忘了。

人們會淡忘李靜，如同他們也會淡忘大橘。人會淡忘置身事外的一切，在吶喊完正義後，他們會回到家，安穩地躺上床進入夢鄉。

剛才動保處的志工跟我介紹他們新建的網路社群專頁，上頭分享著動物保護的觀念，以及許多虐待動物的新聞；特定人士對貓狗的暴行、苗栗縣的石虎又死了、非法繁殖場又被檢舉了。網友們各個分享著那些文章，在文章底下評論。

人渣

禽獸不如

死一死吧！

這種人欠罰

法規立假的

政府擺爛

然而，此刻文心路口對面的寵物店外，我看見走在街道上的人們低下身來，讚嘆著玻璃屋內名種貓犬的美麗。

我並不怪他們。

他們從未親眼看見一群被割除聲帶的孩子，也從沒因為暴力而失去一份特別的愛。對他們來說，這只是世界上的其中一個議題，必要的時候就跟著全世界一起怒吼。他們隨時都可以遺忘，也允許被遺忘。

但我卻沒被應允遺忘的資格。我羨慕他們，我沒辦法入眠，所以我想某種程度上，我才是那個有缺陷的人。

地球會持續旋轉，時針會持續旋轉，人們也會在舞池裡持續旋轉。

我感覺自己靜止在時空中的一個小點，與牠們一起靜止在沒人看見的、黑暗的一點。每天我擁抱新的牠們，每一個牠都提醒著我，還有另一群生命正被禁錮在某個黑暗深處；還有好幾萬雙眼，正望著鐵欄杆外的漆黑，從出生到死亡。

我曾試著快樂起來，卻失敗了。我深怕哪一秒我會忘記，下一秒也跟著忘了，到最後牠們會被我遺忘在黑夜裡，沒人拯救，只能放棄。

那個星期三的下午，來了一隻美國短毛摺耳貓，從繁殖場救出來的。我接到牠時已經奄奄一息，最後死在我的手術檯上。傍晚，我帶著牠到大橘和亮亮的身邊，讓牠們一起安靜地沉睡在夕陽裡。

然後我明白了，我只是不斷地在人類病態的私慾中挽救這些孩子，又一再地送走牠們。

我的力量太渺小了。

我開始留意受虐動物的資料，牠們從什麼地方來、遭受什麼樣的外力。當我開口問，稽查員都與我侃侃而談，他們會告訴我這次又是上次的哪個誰。

午後的烏山細雨紛飛，梅雨季到了，園區裡的薔薇像白雲般一朵朵堆積起來。雨水在落地窗上鋪了一層瀑布，使一樓的客廳陰暗。辦公室裡，我拿著那張摺耳美短的相片發愣，那是動保處在手術台上拍的，拿來對繁殖業主開罰用的。

我盯著其他照片，發鏽積塵的鐵籠裡，牠的眼疾嚴重，只睜得開一隻綠色眼睛。忽然我又想起那次我曾一起突擊的非法繁殖場，但我知道不管是哪個無良業主，他們現在一定都不在監獄裡，他們正經營著另一座繁殖場，打造另外一座地獄。

牠們沒有選擇，但我有。我要選擇我相信的事。

我開始著手整修地下室，丈量樓高坪數，把還能用的大型犬用鐵籠整理出來。一個月左右，訂做的鐵欄杆到了，我把它們一片片鑽入地基，在牆壁鑲上鐵環。

我匿名寄了一大筆高於行情的現金，附註如果完成後確認無誤，下一筆會更多。不用多久，徵信社的牛皮紙袋回寄到我指定的地方。紙袋裡放著許多資料，地址、個人資訊、環境狀況加上許多偷拍的照片。那疊照片裡，地獄的景象再次一張張映入眼簾，讓我更加確信自己的決定。

從小到大，我認為我是一個正常人，一輩子都不會做出違法的事。直到現在我明白了：人類像一把槍，天生就填滿子彈，只要這個世界輕輕拉你一把。

我問自己：我要的是什麼？是公平嗎？

不。

公平，是讓他們失去所愛，讓他們和我一樣永遠痛著，那樣才叫公平。

所以我想，我要的並不公平。

我要的，是制裁。

26

清晨，東北風吹得窗子呼呼震動，我睜開眼，不清楚是風聲還是鼻頭的冰冷把我喚醒。我打著冷顫走下鐵梯，再從屋後進到一樓室內。冬日的陽光透進廳裡，落地窗銜接地板泛著銀白，然後我突然想起淑姨，她大概就在去年這個時候過世的。

入冬對我來說有些麻煩。園區的狗還好，但屋內一些體質敏感的貓已經開始對著落地窗打噴嚏。是皰疹病毒，會讓貓咪流鼻水和眼淚，我走進辦公室裡備藥。這種病毒初期還好，但要是嚴重起來會感染整個屋子的大小貓，甚至變成肺病，那就麻煩了。投完藥後我才放飯，正好可以確保讓藥丸不卡在牠們的喉嚨裡。

我披上毛呢外套行走在園區草地，雙手攔住口裡呼出的白氣。角落的帆布上結了冰霜，我把它翻開，扛起裡頭的兩綑乾稻草鋪在園區裡的各個樹下，好讓牠們暖和些。去年冬天很冷，我才知道秦伯以前存放在角落的乾稻草是做什麼用的，可能過幾天後又要再去附近的荒田蒐集了。

四周霧氣瀰漫，住在烏山上像是遺落邊境般，這個季節更有這種感覺。園區裡種菜可以滿足我的三餐後，我就幾乎與世隔離，後來動保處多了新的配合醫生我就也沒再去了。我有更重要的工作。一個月會有一輛貨車來送整個園區貓狗的飼料，而每天會有另一輛貨車送來自助餐廳剩的飯菜，都是現金結帳。

每天我先打理屋內和園區，做完所有工作後才到地下室放飯。兩年。地下室不知不覺間已經人滿為患，只剩兩只空的犬籠。微弱的黃光照著他們的一張張臉孔，每個人都很安靜。下面只有放飯和或打掃時會有燈光，其餘時間都是一片漆黑。我把食物放在推車上，一間間送著，也順便回收空盤。有些人一開始掙扎不吃，但後來他們大部分都會妥協。他們沒有選擇，就跟他們當初對待的那些孩子一樣。

唯獨最後一間牢籠裡，那盤食物依然是滿的，幾個禮拜前我就發現她開始不吃東西了，但我還是幫她換了一份新的。原本我準備要離開，但突然之間我又打住腳步。

我回頭看，她跟平常一樣躺在角落裡，但今天似乎有些不對勁。

我打開牢籠，把她翻過了身，發現她已經沒有呼吸了。我沉默了一會兒，然後解開她手銬上的鏈條，把她抱出籠外，經過一間間的牢房。

突然，一個人甩著鐵鍊對我吼道：「我要告死你！」

我看了他一眼，又繼續往前走去。

「喂！」他撕心裂肺的喊著，「你等一下！你要什麼？要多少錢？你開個價！」

我又停了下來，回到那個男人面前，暫時把陳雅貞放了下來。

「你開個價！我一通電話就會有人送錢過來，真的！」

「看啊！你看看牠們！」

地中海老水手的話在我耳邊迴盪著，我好像看見那片昏黃的海面，牠們自由地穿梭在暮光之中。

「你不要錢？那你要什麼？我什麼都有！只要你放我出去──」

「我什麼都不要。」

我很少在這裡開口說話。大部分的人只要幾張照片，或甚至不用，他們都知道自己為何在這裡，但這個男人似乎到現在都不懂。

「董事長。」我說。「你們公司幾十年死了六十幾隻鯨豚，你和你爸的命都不夠換，現在又要開新的海洋館了，你這次主打什麼？海獅嗎？」

他怔著臉，沒有回答，於是我又抱起陳雅貞離開地下室。

進到一樓的診間，我把她放到手術台上。我拿出秦伯多年前放在櫥櫃裡的香，原本還想用照片對照，但或許也不用了。從眼睛到身軀，大橘的樣子早就烙印在我的腦裡。我把香點燃，開始複製她曾對大橘做的暴行，我拿起手術刀，摘除了她兩隻手臂。像是這樣才能對得起經歷這些的生命。

但不管怎麼做，牠都回不來了。

手術刀從在她的胸口緩緩劃著，然後越來越慢，越來越慢。法醫說那時候大橘還沒死透，牠被劃開胸口的時候一定很痛。

我的手指開始不聽使喚地發顫，最後手術刀從我的手裡滑落。我跌坐在地上，被手術台架映著。我伸手觸碰自己的臉，兩頰變得滿是鮮血，然後又被眼淚劃開。

最後我抽著線，一針一針縫回她的胸口。我把她載出園區，埋在山崖邊的荒田。

現在，寒風吹得荒田邊的封鎖線飄動。我繼續往前行駛，看見一輛前蓋凹陷的白色

Camry在路邊的電線桿下，像是之前一頭撞了上去。接著我在下一個山路口轉彎，朝著烏山的西側駛去。

一條條封鎖線再次出現在我面前，整塊地變得坑坑洞洞。這裡是牠們安息的地方，睡著兩年來每一個我救不回的孩子。

還有我的寶貝，大橘。

第四部

27

周奕璇啜了一口雙倍濃縮，掌心包著杯身暖手。她吐著冷霧，站在路口的85°C咖啡店前，望著馬路上冰冷的人潮與車流燈，再往遠一點看去，就是屏障後那黯淡靜眠的黎明新村。

昨夜，她回到家後先是洗了澡再吞了顆安眠藥，直至深夜依然沒能讓自己睡著。她的心緒像是打結的毛線球，不斷在腦中攪滾、梳理，直到那即將解開的最後一結，她睜開了眼。她伸手到床頭櫃剝下了第二顆悠樂丁，逼迫自己腦袋關機，沒想到這一關就睡過了所有鬧鐘，意識恢復的時候已經是隔天傍晚。她隨便微波了晚餐，然後梳洗出門。

晚上七點，離開咖啡店後，周奕璇沿著大業路往東北方走。這條路的店面招牌被設計成統一的形式，並非掛在空中，而是一米高的矮燈板排排豎立在人行道上。她穿過這些低矮街燈，走一小段後停了下來，看著豎立在她眼前的那塊發光招牌。

克明動物醫院

她推開玻璃門，櫃台一名護理師正低頭拍打著電腦鍵盤，然後抬起頭來對她微笑。

「掛號嗎？寵物名字或手機號碼都可以喔。」

「不好意思，我想找你們院長。」

「院長是一診喔，會等比較久，妳可以掛二——」

周奕璇拿出證件，護理師愣了一下，便有些慌張地進到診間裡去。隨後，一位穿著白袍的女人走了出來。

「妳好，有什麼可以幫忙的嗎？」

「院長不在嗎？」

「不好意思，我就是院長。」江翊寧溫柔地說，然後注意到周奕璇遲疑了一下。

「妳找克明？」

周奕璇點點頭，江翊寧便脫下白袍，並交代了櫃檯一些事，然後她們走到醫院門外。

「克明怎麼了嗎？」

周奕璇沒有回答。

「沒關係。」江翊寧說，然後從口袋裡掏出一包寶亨一號搖了搖。「可以嗎？」

周奕璇點點頭，「他沒有在醫院工作了嗎？」

「沒。」江翊寧點燃了菸，「我們也很久沒見了，兩年？應該兩年有了吧。」

「他把醫院賣給妳？」

「法律上來說是，但其實是他『送』給我的。那個月因為醫院辦義診，營收平平，他說我那個月沒薪水了，然後單獨找了我出來，簽個字醫院就變成我的了。」

江翊寧微笑著，輕輕把白煙吐到空中，任它隨風飄散。

「他有說為什麼嗎？或是有沒有提到什麼事情？」

「沒。他什麼都沒說，我就什麼也沒問了。」

「醫院名字沒改，我以為他還在。」周奕璇說。

江翊寧款款看著腳旁的那塊招牌，燈板裡的「克」字已經有些剝落。

「我怕哪天他突然想回來呀！換招牌多麻煩。」

黃色欄杆緩緩上升，小胖依然在警衛室裡睡得香甜，X-trail一圈一圈繞下停車場。熄火後，周奕璇仍坐在車上呆了半晌，接著抽出牛皮紙袋裡的資料。資料上，除了醫院外，剩下的就是兩年前一個叫秦同輝的人轉給杜克明的土地，位在烏山，距離陳雅貞的埋屍點和動物墳場都不到五公里。周奕璇思考著，如果她對了，這個案子就要結束了。

她拖到最後一刻，才把搜索票的聲請交付法院。明天吧，她想。明天，她就要帶著一批人馬去抓這個人。今天在動物醫院裡，她看見布告欄上釘著許多醫生們與貓狗的合照，在那些照片之中，她看見與資料上相同的那張臉，杜克明抱著毛小孩們，有的拄枴杖，有的剃了毛，有的頭上包紮著繃帶，照片旁還釘著許多家長送的感謝卡。

明天吧。今天的她不想執法，她感覺好累。

她把資料收進牛皮紙袋，然後盯著副駕駛座前的抽屜。她猶豫一會兒，接著就把大衣和西裝外套脫掉，換上放在車後座的防寒風衣。下車前她打開副駕的抽屜，拿出那把沉沉的黑色手槍，放進風衣內側的口袋裡。

她鎖了車，跨上停在一旁的忍者650。

黑色重機駛在陰暗的鄉村道路上，一條條的電線在空中交錯相連。沿途的老舊修車廠、雜貨店、藥局，在這個時間大部分都已經關門，然後那棟三層樓高的老透天厝漸漸映入她的眼簾，二樓的陽台還亮著。

他說對了，我們沒有在解決問題，一切都只是在重複輪迴。我們只是一而再再而三地執行著沒有靈魂的法條，動保法量刑不足、執行不夠或法案缺陷，或許都助燃了這一切。

周奕璇想起她在留學時，台上的教授曾講述著刑法數千年來的演變。現今社會中，刑罰目的通常是預防、應報、嚇阻、教育，但在人類歷史的最初，刑罰的動能就是公權力的報復。設計粗暴、目光短淺，卻是啟動法治社會最原始的能量。

此刻她心中迴盪著那教授的英文朗誦，那古老的漢摩拉比法典序言：

「讓正義之光照耀整個大地，消滅一切罪人和惡人，使強者不能壓迫弱者。」

然後周奕璇慢慢退檔，緩下車速。

就在準備向路邊停靠的那刻，突然，一輛白色 Camry 從那棟透天厝倒車衝出，接著用飛快的速度回正。周奕璇一瞬間瞥見駕駛座的李權哲，接著那輛 Camry 背著她朝遠方加速離去。

周奕璇急忙回到一檔，補油門跟了上去。

即便使勁拉轉著，周奕璇還是跟不上，Camry 的車尾燈最後消失在這條產業道路的底端。周奕璇停在路口，認出右轉就是通往烏山兩個犯罪現場的方向，她騎上那漆黑的山路。

路上寂靜陰暗，她再次望見前方山壁上的紅光時，便關了自己的大燈，以防被發現。Camry 的速度太快，紅色尾燈隨著彎道若隱若現，直到他們經過了陳雅貞的埋屍點，又繼續行駛了一段距離，Camry 突然在岔路掉頭轉上另一條更狹窄的山路。

周奕璇知道那不是往動物墳場的方向。他要去哪？周奕璇在岔路口停下車來，她思考著，然後拿出手機開了地圖。

她知道他要去哪了。

夜裡的霧氣越來越濃，周奕璇打開車燈，眼前的山壁輪廓再次浮現，她隨即也駛上那條狹小山路，然後隱沒在霧裡。

她知道濃霧裡的深處，是今天資料上的那個地址。杜克明在烏山的私人土地。

28

時間不多了。

擋風玻璃白茫茫的一片，李權哲操著方向盤，扳開霧燈，現在終於又能看見路面上模糊的邊線。

他叼著菸拉下車窗，單手握著打火機。

「幹……」

濕冷的風霧吹得打火機頻頻熄滅，於是他又關起窗子。車子高速搖晃著，那聲叫喊也隨著他手裡火光衝出。

找到我。

菸點燃了，他知道哪裡可以找到他，他依稀記得。記得自己曾去過那個地方。

似乎是李靜讀高一的時候，有一次他曾載她上來烏山，她說是要去做志工，幫一對老夫妻照顧流浪動物。烏山上沒有公車，所以後來他幫李靜買了一輛腳踏車，她就可以在假日時自己前往了，他那時也一起幫老婆和自己各買了一輛。他想，有機會的話全家人可以一起騎腳踏車晃晃。有機會的話。

雅貞的埋屍點、動物墳場、那胖子醒來時的荒田，還有他聽到上頭有貓叫聲。

是那裡嗎？李權哲不確定，但那聲音愈來愈強烈地肆虐。

你——找到我！

他也不管了，把威士忌丟了。他必須清醒，必須找到這個人，現在。

從線西回來後，李權哲在那房間裡翻找著。他回想著那天，他從法醫的手中接過了塑膠袋。李靜不會戴飾品，所以那袋子裡只裝著手機、錢包、家鑰匙。後來的某個夜晚，他在爛醉之中打開女兒的手機，他只試了幾次密碼就成功了，是那個日期。那個對他們家來說最重要的日子。

他不知道這樣做對不對，他只知道——這是他所剩的、唯一的，能了解自己女兒的方式。不是面對面，套出她最近有沒有偷交男朋友；不是並肩而行，像他們曾走在日月潭映著月光的湖岸，安靜地聽她說著以後想做的事。李靜說，她想去台北念大學；李靜說，她需要一台筆記型電腦；李靜說，她以後想畫畫，雖然爸爸說會很辛苦，但她知道。

李靜說，她考完試了，可以幫爸爸剪頭髮了。

他的頭髮只給李靜剪。不是因為她特別會剪，而是因為剪好了之後，她們母女倆會用詭異的眼神盯著他很久，然後開始大笑，笑完再給李權哲照鏡子，然後他也會一起跟著笑了起來。

李靜叛逆期的時候會大哭，會對著父母大吼。

「為什麼我是你們女兒？」

對阿，為什麼呢？為什麼妳選擇了我們呢？李權哲好久沒有想起這些事情了。在那之後，他能想起的只剩下恨。李靜的哭鬧、咯咯的笑，都迷迷濛濛像是上輩子的片刻。

白霧之中漸漸有道黑色長影，李權哲放慢車速，接著一條條鐵欄杆陸續從霧裡穿出。是這裡。他找到了。

李靜的手機裡，除了很多貓狗的照片之外，還有一張她幫那對老夫妻拍的合照。照片裡的背景，就是這一排鐵柵欄。

李權哲踩煞車，然後倒回車子一段距離，停在路邊的樹下。他下了車，好不容易在濕冷的霧氣裡點燃一支菸，車燈熄滅後，四周變得又黑又濛，而且靜得可怕。風呼呼吹著，他套上夾克開始往前走，那一排鐵柵欄再次出現，只是遠遠的另一端被深不可測的濃霧淹沒。

李權哲先是站在柵欄前，然後開始沿著它走。他打量著柵欄內，但霧氣讓視線無法看清裡面長什麼樣子，只是在那層霧裡，隱隱約約有一棟兩層樓高的建築，二樓的體積比一樓小許多，輪廓像是扁形的「凸」字。他終於走到長柵欄的底端，他接著右轉，眼前變成三尺高的水泥圍牆，他繼續沿著四周繞一了圈，花了快十分鐘之久。他感覺這塊地非常大，東西面的水泥牆外是一片雜草叢堆，這塊地的後側是一條小徑平行間隔著山林坡地。

他踏過雜草叢，逐漸在霧中看見Camry的黑影，知道自己要繞回起點了。李權哲站在水泥牆下，吸掉指間的最後一口，然後把菸揉熄。他拿出七星菸盒，把裏頭的菸都取出來，接著把剛剛的菸蒂塞進盒內。他往後退了一步，然後用力把菸盒丟進水泥牆裡。

汪——汪汪——整群的狗吠聲傳來，伴著啪搭啪搭的奔跑聲，隨即又安靜了下來。太多狗了，他根本無法判斷有多少，確定的是至少十幾隻以上。

李權哲走回車子，抽出背包裡的手電筒，開始在手電筒頭纏了兩三層的大力膠帶蓋住，接著他從副駕駛座的抽屜拿出局裡過年局裡發送的廉價電子錶，然後走回水泥牆下。他打開手電筒，確定膠帶有減弱它照明的亮度，然後切到閃爍模式，他把電子錶繫上去，設定了十秒後的鬧鈴。他再次向後退了幾步，順著仰角，用力把物體朝著水泥牆內拋。

手電筒飛上天，在空中旋轉閃爍，遠遠上頭的電子錶開始嗶嗶叫了起來，接著瞬間消失在霧裡。在聽見一群狗吠朝著那個方向奔去之後，李權哲隨即跳起身來，指尖扣住了水泥牆頂，他左腳向上一踩，右手腕也扣進了牆內，他使盡全力翻了上去。

落到地面時，李權哲的手感覺到了草地的柔軟，他抬頭掃視，視線真的爛得可以。他迅速往前探去，四周沿途漆黑的輪廓一一浮現，涼亭、小樹、小菜園，還有成排的小屋簷，大概是狗在睡的。但他沒時間慢慢觀光，就在這個園區裡，存在一個通往地底下的入口。繁殖場的胖子說過，他聽見「上面」有貓叫聲。

前方那棟兩層樓高的建築物再次隱隱浮現，他來到建築物前，眼前是一大片落地窗，他貼上玻璃看進去，看見裡頭廊道的縫隙有個身影在移動。那是他自己。他看見的是這棟建築物的另一面玻璃反射，對面的落地窗外飄著一層霧。

他往左走，沿著建築物來到門口，門前停了一輛休旅車，乍看之下感覺是RAV4系列的車款。

前門是普通的喇叭鎖，李權哲掏出組合瑞士刀丟在地上，並從口袋的底下摸到了那兩根金屬髮夾，用來開海邊繁殖場木屋的那一對。他把那根已經扳彎三分之一的髮夾插進鎖芯底部，接著在上面插入另一根直的。

突然，李權哲感覺有個什麼在背後的霧裡疾速靠近，還有像是一根杖子反覆插著草皮的聲音。**是他嗎？**李權哲確定自己沒辦法在這麼短的時間內打開門，他必須轉身迎戰。

那杖子的聲音很快，越來越靠近。

朦朧之中衝出一隻黑狗，牠的一條腿裝了金屬義肢，然後停下來哈哈喘著氣，對著李權哲露出燦爛笑容。

「他媽的……」

李權哲被嚇出一身冷汗，他趕緊轉回身子。他放棄髮夾了，打算直接用瑞士刀組硬敲門鎖，雖然這樣會發出聲響，但如果他背後那隻魔鬼終結狗開始吠的話，情況就會更糟。

他右手舉起刀具，左手握上門把。

門被轉開了。

他媽的門竟然沒鎖。李權哲先是愣了一下，然後隨即側身進到屋子內把門關了起門來，氣喘吁吁地坐在地上。真的老了，他心想。他兩指按著脖子上的動脈，等待血壓逐漸趨緩。

他掃視著屋內，寬闊得將近四五十坪。眼前是用來隔出玄關的木條隔板，木條後的寬走廊底端有一扇門，他猜測是通往後院。後院有個戶外樓梯，剛剛從外面看來是通往二樓，所以二樓是應該是後來加蓋的。

右邊就是他剛剛碰見的落地窗玻璃，他站起身來往左走，走向玄關左前側的大廳。走進大廳時他驚搐了一下，因為大廳地毯上的一群貓正睜大眼睛盯著他看。雖然感覺很陰，他還是往那群貓的方向走去，將臉貼上大廳那側的落地窗，看見他剛才丟的手電筒還在窗外的蓄水池旁閃爍著，一群狗圍在一起觀察著那個玩具。

大廳裡有一個獨立空間，結構上不太自然，看起來像是另外在走廊和大廳之間隔出來的。他打開那空間的木紋門，裡面大概有十幾坪，又留一個小通道隔成兩間。一間看起來像辦公室，另一間裡有一架小的手術台，看起來像是動物用的醫療診間。診間裡放著各式各樣的藥品、專業用具，然後，他看見了那捲東西。

那是一捲縫合線，放在玻璃櫃內。那鵝黃色一看就是法醫從陳雅貞身上拆下來的那條。他確定自己來對地方了。

他走回辦公室，桌子上是空的。他拉開桌子右側的抽屜，上層放著一些雜物，還有一張照片蓋著。李權哲翻過照片，是一群年輕人在港口前搭著肩，一旁靠著一艘大船，船上站著一個大鬍子的外國老人，舉手對著鏡頭笑著。

他拉開下層的抽屜，裡面放著一疊滿滿的塑膠資料簿，從橫著放到平著放，幾乎是塞爆的狀態。他拿起最上面的資料夾打開，第一個透明內袋裡是一小疊照片，他快速抽換著那幾張照片——山林裡的鐵皮屋、捕獸夾、獵槍、一個瘦黃的男人。最後兩張，各是兩隻黑熊，一大一小，牠們倒在林地上，頭部爆開，血肉模糊。

李權哲吞嚥了一下，這些資料夾不是他要找的東西，他必須趕快。

他拉開桌面正下方的寬抽屜，抽屜看起來很空，兩串鑰匙和幾張散落的照片。他不明白這些照片看起來跟剛剛資料簿裡的很像，卻被另外放在這個抽屜裡。但他稍微想通了，因為照片裡的橘貓少了一對前肢，胸口被開膛，另外一張是一隻黑白色的貓，有類似的屍況。他馬上聯想到陳雅貞的屍體。還有一張照片是一隻小耳朵的美國短毛貓，躺在手術台上，看起來奄奄一息。

李權哲拿起那兩串鑰匙。其中一串很正常，上頭掛著幾把常見鑰匙與遙控鎖，遙控鎖上刻有 Toyota 的字樣，應該是門外那輛 RAV4，剩下另外一個遙控鎖，應該是那道鐵柵欄。

但另外一串就看起來相當詭異，他沒有看過這麼大串的鑰匙，幾十支小鑰匙密密麻麻的串在一塊，其中又有兩把的體積特別大。他知道這是他要找的東西。

李權哲拿起那串鑰匙走出辦公室，開始在一樓搜索，但除了辦公室和廁所之外，放眼望去，寬敞的室內看不出來有其他通道。他再繞一圈，沒摸到暗房，到處都沒有什麼通往地下的鬼入口。李權哲推開後門，一陣霧氣飄進來，他抬頭看，發現自己正站在一階一階的長方格下，是通往樓上的鐵梯。梯口在他的右側，然後他往左走。

他找到了。

建築物的後方，有一扇斑駁的老舊鐵門，門上的鐵條一根一根都鏽蝕了。他往鐵條裡看進去，漆黑的輪廓一階一階直通而下。李權哲試了那兩支大把的鑰匙，第二支開了。他小心地拉開鐵門，然後層層踩下黑暗。

樓梯裡伸手不見五指，他循著牆面一步步往下走，他碰到了樓梯間，左轉，直到黑暗的底部他摸到了一面牆。那不是牆，是一扇木門。太暗了，李權哲摸出手機照亮，把另一把奇怪的黃銅色鑰匙插進鎖裡。他猜想這裡本來應該沒有這扇木門，因為這門是直接擋著樓梯，他正蹲在階梯上開鎖。

李權哲推開嘎嘎作響的木門，摸到一旁牆壁上的開關，然後微弱的黃燈開始一盞一盞地順著廊道亮起來。

那一剎那，他的腳步下意識地向後踩回樓梯。他鎮住自己，眨了幾眼，確定自己不是在惡夢裡。

他的眼前是一座血淋淋的地獄。

地下室比一樓還廣，黯淡明滅的黃光照著各個赤裸的人們、乾癟的皮膚、手銬、鐵鍊、地上的鐵餐盤。有籠子、有監牢，他們被關在裡面，一間一間地從兩側延伸著整座地下室。目測可能有四五十個人，人數遠遠超過當初他手抄的名單。

李權哲小心地邁出第一步，開始經過一條條的鐵欄。每個人都躺在地上，他們各個消瘦見骨、眼神空洞。他看見牢籠裡的牆邊還有排水渠，通往中廊底部的汙水提升器抽至戶外。他不敢置信地瀏覽著，一切的設計是這麼直接粗暴，就像他在繁殖場裡看見的一樣。他現在知道手裡密密麻麻數不清的小鑰匙是用來開什麼的了。這些男女全被剃光了頭髮，有些人甚至看起來已經超過六十歲。然後李權哲認出了那張臉，那張臉被貼在警局裡的布告欄上。海邦集團的董事長，王京城，正縮在地上昏睡。

李權哲愣住了。就在這個時候，一個物體從地上滑過他的雙腳之間，來自他的後面。他彎下腰把那東西撿起來，是他剛剛丟在園區裡的手電筒，仍閃爍著。

「你的東西？」

那句話從背後傳來，李權哲轉過身去。他看見樓梯口站著一個男人，大概有一米八高，無框眼鏡下透著一雙死沉的眼眸，鼻梁高挺、身材精瘦。他的年紀看起來不大，卻有一張被歲月沖刷過的臉，而一把深褐色的獵槍正架在他手上。不對，那是一把麻醉槍。

「你找哪位？」杜克明問。

29

他進去了。

他又醉了嗎?到底在想什麼?周奕璇躲在Camry後,眼睜睜看著李權哲翻進那道水泥牆裡。

五分鐘前,當她的遠光燈照到迷濛的一點Camry車尾時,她馬上捏緊剎車,熄火,踮起腳尖向後挪了幾步。Camry車上沒人,她打開手機,確定自己現在就在那個地址,儘管衛星定位開始有些錯亂,或許是因為天氣的緣故。她往前走了幾步,看見鐵柵欄一一從霧中穿出,她覺得好冷。然後她依稀看見一個人影,就站在鐵柵欄右側面的水泥牆下。

是李權哲。她躲到車後,看著他把一個不知道什麼的發光物體高高甩進水泥牆內,然後,他翻進去了。

周奕璇急促地跑到水泥牆下方,試著理解眼前的詭異窘境。李權哲怎麼知道這個地方的?他來做什麼?她現在該怎麼做?混亂紛飛的思緒加速著冷空氣流進她的肺裡。

突然,她的口袋震動起來,嚇了她一跳。

她現在不想接這通電話,但她知道凌晨三點會進來的電話只有一種,她必須得接。

「阿川。」她遮著手機壓低嗓子,試著隔絕話筒與周遭的冷風聲。

「周檢，搜索票下來了。我們什麼時候出動？」

「周檢？」

「我……」周奕璇看著眼前的水泥牆，腦袋一片空白。該死的李權哲。

「直接在目標地點集合嗎？還是地檢署沒派車？我們可以過去載。」

「我人——」

「妳在那邊了？」

周奕璇張著嘴，答不上話。

「幹。太危險了！妳怎麼自己先過去了？我們這邊馬上整裝出動。」

電話掛斷了。手機螢幕上凝結著水滴，四周只剩寒風的呼嘯聲。

周奕璇收起手機，抬頭呆望著高高的水泥牆。她吞嚥了一口，然後開始拆騎士手套，但一會兒她又停下動作，盯著牆緣頂部的凹凸碎面，於是又把手套戴了回去。她向後退了幾步，告訴自己：如果五十歲的老頭都翻得過去，那我也可以。

她開始助跑，然後一躍而上。手套的摩擦力讓她牢牢扳住水泥牆的上緣，她覺得她該減重了。她的皮靴頂在牆面開始踢劃，接著是手肘、手掌，她成功翻了過去，卻摔了下來。

她跌在地上，嘴巴咒罵著屁股的疼痛，然後一回神，整個身子頓時僵住。眼前有一隻米格魯正眼巴巴的看著她。

汪！汪汪——米格魯開始狂吠。

米格魯看起來很開心，但周奕璇並不開心。她超怕狗。她的手抵著地面，開始不知所措地把自己向後推，直到無路可退碰到了牆角。

米格魯突然安靜了下來，並轉身向後望了一會兒，似乎察覺到有什麼動靜。然後牠又汪了一聲，興奮地奔向遠處，消失在霧中。

周奕璇遲疑了一下，隨即站起身來朝米格魯的方向跟進霧裡。她眼睛梭巡著四周，視線模糊不清，只感覺這塊地似乎很廣。米格魯的跑喘聲迴盪著，她加快腳步跟上。

眼前一幢黑影逐漸浮現，周奕璇來到一面落地玻璃前，然後她聽到一群狗叫聲，在屋子的另一側，她沿著玻璃向左走，躲到前院的一輛休旅車後，望向狗群聚集的地方。

蓄水池旁，狗兒圍著一個人團團轉著，那不是李權哲。那人手裡握著一把類似狙擊型的長型槍，然後撿起地上閃爍的手電筒，四處張望。那東西是李權哲剛剛丟進來的。該死。他人在哪？

周奕璇縮回休旅車後，轉而看向一旁那棟建築物的前門只是闔著，並沒關上。她又探頭望向蓄水池一眼，剛剛那人沒有朝著她的方向走來，是朝屋子的後方走去，然後就消失了。她壓低身子跑向那扇門，進到屋內。

她悄悄把門闔上，感覺屋內很溫暖。室內暗沉沉的，她只看見一個空間亮著燈，開著的門縫透出一道微光劃過大廳，照著一群地毯上的貓，有些貓好奇地看著落地窗外的動靜，有些蜷曲在一角睡覺。

她扶著地板緩緩移動到大廳，深怕剛剛在外頭的男人會透過落地窗看見她。大廳許多小木板規則地突出在牆面上，看起來像是手工製的貓跳台，落地窗上也黏著幾組吸盤式吊床。連接著那片玻璃旁邊的牆面上，貼著許多照片還有便利貼，但視線灰暗看不清楚。兩隻貓從旁蹭過周奕璇，聞著她，像是在認識這隻同樣趴在地上的新朋友。

她順著光線悄悄爬向那明亮的房間，頂開那木紋門。

門開的那一刻，一隻貓坐在門內，瞪著她。周奕璇的心跳漏了一拍。那隻貓只有三隻腳，是隻花貓，身上交疊著黑白橘三種顏色的美麗斑紋，她看著覺得很眼熟。

她想起來了。牠是資料裡黎明新村的那隻花貓，叫做小斑。被陳雅貞抓走後活下來的那隻。

小斑的臉很臭，不動聲色地看著周奕璇，像是她擋到了牠的路線。周奕璇跪起身，小心翼翼地把小斑捧起來，牠像水做的一樣，在周奕璇的雙手中倒U字形地垂著。她把牠輕輕放到門外，關上門，然後鬆了口氣站起身來。

她感覺這裡是一間辦公室，只是還有一個小走道，通往隔壁的另個空間。她走進那裡，瞬間一股寒意流竄，那天她和李權哲、法醫三個人在解剖室裏的一切彷彿歷歷在目。她來到真正的第一現場。她看著眼前的手術台、醫療用具、電剃、縫合線，然後她瞥見鐵盤上的手術刀，腦中浮現陳雅貞被乾淨摘除的手臂。她的胃開始翻攪。

周奕璇退回辦公室裡，注意到桌面下的抽屜開著，零散著幾張照片、車鑰匙與遙控器，她略過那些相片，因為最上面的那張她看過了，跟在黎明新村看的是同一張，那隻賓士貓的屍體。而右側排下層的抽屜堆著資料簿，看起來像被翻過又因為爆滿而關不起來。

她從那爆開的抽屜裡抽出其中一本資料簿。

簿子裡頭的第一頁塑膠套是一名男子的大頭照，下面有他的身分資料、居住地址、生活概況，周奕璇看不懂這些資訊的意義，她翻了下一頁。

然後是一張又一張的照片。樹枝上綁著繩子，繩子倒吊著小狗；一支生鏽的螺絲起子，穿過一隻貓的腳掌；一把平底鍋的背面染得鮮紅，旁邊躺著一隻——她反射地用力闔起資料夾。

她感覺到一陣暈眩，把資料簿扔在地上，發抖著要動身離開這裡，卻不小心撞倒了其他的資料簿。

資料簿散亂一地，其中幾本開著，照片掉了出來。周奕璇盯著它們，打著顫慢慢蹲下。排泄物、針頭、碗盤裡竄著蛆蟲的雞腸、佈滿沙塵蜘蛛網的鏽蝕鐵籠，然後她看見了牠們。

照片裡，牠們瞇著眼，眼眶紅腫潰爛，黑黑的組織液流在淚溝；照片裡，牠們少了眼睛，屬於那器官的位置上被縫了線；照片裡，一隻哈士奇只剩下幾撮毛，皮膚上遍布著紅血絲；照片裡，一隻波斯貓把牠的斷肢，勉強伸出了牢籠。

眼淚在照片上滴落。

周奕璇扭曲著臉，開始胡亂收著那些照片，卻又一張張從她顫抖的指間掉了。突然她蠻橫揮開膝前那堆資料簿，把它們一本本砸向牆角。她踉蹌扶著辦公桌撐起身子，用力捶了桌面。

桌面下抽屜裡的相片散了開來，疊在賓士貓下的那張是隻橘貓，她知道那是大橘。疊在大橘下的，是一張她沒在資料裡看過的相片。她紅腫的雙眼直直盯著它，伸出顫動的手指，捏起那張相片。

忽然她的眼淚停了。

30

我站在後院，那扇鐵門開著，隨風吹晃。

我把手上那支綁著電子錶的手電筒插到後口袋，接著拉下槍栓，麻醉彈上膛。槍頭指著前方，我戰戰兢兢地走下那片漆黑。

辦公室裡的抽屜被開過，可是幾乎所有東西都還在，唯獨地下室的鑰匙被拿走了。他去地下室做什麼？他怎麼找到這裡？他想帶走誰？還有他是誰？

這些問題在我腦子裡盤旋，卻沒有答案。我轉過樓梯間，看見原本應該黯淡無光的階梯泛著一片燭黃，底下的木門開著，裡頭卻沒有傳出任何聲音。我側著身走，把腳步放得更緩，靜靜地來到地下室。

此刻，眼前長廊的深處，站著一個身影。

他的身高大概一百七十幾，肩背很寬，油黑色的夾克破舊，頭上紮著灰髮。他靜靜地站在那裡，像是在沉思。我抽出那把手電筒，把它從地上滑過去，然後開口：「你的東西？」

他撿起手電筒，轉過身來。

他看起來有些年紀，五官深邃，顴骨上的疤痕沿著臉頰凹陷，幾絲灰髮散落在鼻樑側邊。他沉靜地站著，那雙眼毫不閃避地對上我的視線，又看不出任何情緒。我突然有種詭異的熟悉感，感覺自己似乎曾在哪裡見過他。

那種感覺像是我等待了這一刻已經好久，卻又不知那是什麼。

我再次架起麻醉槍，對準著他。

他沒有回答，只是繼續沉默地望著我。

「你找哪位？」

「說話。」

我往前跨出一步，而他不但沒有退後，反而朝著我慢慢走近，直到可以看清楚我的臉似的，他才停了下來。那一刻我抑制住莫名想退後的衝動，我們之間只剩十步，他應該知道這種距離更躲不過麻醉彈，但他看起來似乎不在意。我迅速瞥了兩側的牢房，但沒有一扇門被打開。

「你要找誰？」

「你。」

我們對視著，度過一段難耐的靜默。他看起來並不像執法人員，硬要說像什麼的話——比較像在外面混的，然後被哪個誰派來尋仇。雖然是這樣想，但我還是開口問了比較合理一點的可能。

「警察？」

果然。他點了頭，下一刻突然舉起手要伸進夾克裡。

「嘿！」我舉著槍吼道，他馬上停下動作，然後慢慢掀開夾克。

「你太緊張了。」他說，然後緩緩地從夾克內袋抽出一支菸。他點著菸，拿打火機的手微微顫抖，但我也察覺自己捧著槍身的掌心正冒著汗。菸點燃了，他深吸一口，然後一團白氣徐徐蒙上他的臉，接著他才又開口。

「你蓋了自己的監獄。」

我悶應了一聲。

「應該很痛苦。」他說。

我沒回答，他吸著菸，然後又是一段沉默。

「我不是來抓你的。」

「不然你想要什麼？」

「答案。」

他捻熄手上的菸，馬上又再點燃一支。這次他的手不抖了。

「離開以前，」他拿菸的手指在空中微微劃了一圈，「我想找到答案。就這樣。」

我聽不懂他要離開哪裡，但感覺不是指這裡。我看著他，然後慢慢放下麻醉槍。

他的眼眸灰暗無光，像沒有一絲波瀾的夜海。他說話的方式和舉手投足都緩慢地毫無生命力，讓我不禁懷疑這是場夢，我做過無數次的那一種夢。夢裡，許多靈魂會找上我，問我牠們受盡折磨的時候我在哪裡；現在這場夢裡，眼前的他或許只是我幻想的死神，來審判我所有的罪，審判我為復仇而應擔的代價；又或者，他只是鬼魂，對這個世界沒有一絲掛念的樣子，像是下一刻就會隨著這個夢一同消散。

但他不是夢。他正點燃我們見面以來的第三支菸，瀏覽著周遭，像在思考著什麼，然後開口。

「你最好準備一下，現在離開這裡。」

「這裡是我家。」我說。

「不，」他搖頭，深吸了一口，吐出白氣。「這裡是監獄。你自己也被關著。」

然後他用下巴指了其中一間牢房，那裡面是海邦集團的董事長，王京城。

「全台中的警察都在找這個人，」他停頓，「還有個檢察官，她會找到你。就快了。這個地方隨時會被攻堅。」

我吞嚥了一下，消化著他的話。過一會兒我才開口。

「我會被以什麼罪名逮捕？」

「拘禁、凌虐……那些法條我不是很清楚。但總之，這邊人數也夠多了，你大概會被關到老。加上陳雅貞那條，殺人。大概就是關到死。」

「她抓走我的家人，」我瞪著他說，「捕獸夾咬爛牠的腳，然後牠發現自己的眼睛看不見了。法醫說牠是被悶死，牠的身體被鋸開，在袋子裡流著血，呼吸不到空氣。等到死了之後，再被丟到充滿廚餘的垃圾堆裡。」

那男人沉默了一陣。

「所以，你現在離開，我會過一陣子再通報。你只要有心理準備他們會通緝——」

「我不會離開。」我打斷他，然後環視整座監獄，審視著一張張鐵欄後的臉孔。「所有我犯的罪、我對他們做的事，都是他們曾經對上百條命做過的。」

「你只是在解決有問題的人。」

「我知道。因為沒人解決問題。」

他沒回應。

「我跟他們都做一樣的事，可是他們犯的錯對大家來說不重要，所以他們只會被罰錢。沒有人可以真正解決他們。」我看著王京城，「他們甚至沒有罪，還可以被政府支持；公開、合法地囚禁，然後訓練、強迫牠們上台，只為了娛樂人類。」

「或許，」他凝視著我。

「或許，正義需要時間。」他沙啞的嗓子又像是在喃喃自語，「或許人需要時間。」

「牠們沒有時間了。」

「牠們都在那裡。我們正在講話的時候，牠們還被關在那裡。牠們已經用一生的時間了，用好幾個一生等著我們遙遙無期的覺醒。」我說。

突然，後面傳來一陣腳步聲。

眼前的灰髮男睜大著眼，瞪著我的身後。我轉過身去，樓梯口站著一個女人，看起來很年輕，大概跟我沒差幾歲。她深褐色的捲髮落在肩上，短版的騎士風衣配著俐落西裝褲。她震懾地望著我們，然後瀏覽整座地下室。

我回頭看向那男人，想尋求一個解釋，但只見他的表情似乎比我還訝異她的出現。

「檢察官。」他看著她邊對我說，「我剛有沒有提到檢察官？」

我又回過頭來，她的表情變了。剛才的詫異從她臉上消失了，她像是換了張臉。她朝我邁開步伐，紅腫的雙眼像是才剛哭過，混濁的眼角雙頰妝都花了。她在我面前停下，戴著黑手套的手突然舉了起來，把一張照片擺在我眼前。

「這哪來的？」她問。

她冰冷的嗓音在發顫，我錯愕地看著她手上的照片，是那隻摺耳的美國短毛貓。牠在鏽蝕的鐵籠裡，勉強睜開一隻眼睛。我再度回頭與那男人對視，但他再次迷糊地聳了肩。

「照片哪裡來的？」她問了第二次，這次幾乎是接近耳語的微弱顫音。

「動保處扣押的繁殖場。」我說，「牠是純種美國短毛貓，又是摺耳。市場喜歡這樣的貓。」

「牠在哪裡？」

「過世了。」

那女人眼睛抽顫，似乎不接受這個答案。

「繁殖場主人就關在這裡。」我說，然後從那女人的手中拿過照片，「貓瘟。貓科泛白血球減少症，那間繁殖場環境很糟，裡頭的貓幾乎都得了。這隻美短被救出來的時候已經快不行了，最後死在我的手術檯上。我救不了。」

「他在哪？」她又問。

「我剛說了，牠死——」

「繁殖場的人……他在哪……」

我不知道她為何要問這些，於是又看向那男人，只見他有些警覺地對我搖頭，似乎要我不要再繼續回答她任何問題。但是他剛剛說了，她是檢察官，我決定讓她知道事實。一直以來，都被執法人員和立法委員不斷選擇忽略的事實。

「摺耳貓，」我帶她走進廊道的深處，與那男人擦身而過，「因為基因缺陷，天生就有軟骨病變，所以耳朵才是摺下來的。這也表示牠身上多處的軟骨組織也會同時病變，例如關節。越長大，牠們的四肢關節就會越來越疼痛，痛到需要開始吃止痛藥。等到老了，痛到連止痛藥都沒有用的那天，許多家長就要選擇是否要讓牠安樂死。」

「所以許多國家都已經禁止繁殖這種摺耳貓，甚至不願意給牠們物種上的專屬學名。」

說完，我們來到一間牢籠前，鐵欄後是那間繁殖場的業主。我指著那縮在地上的老太婆。

「我那時候發現這隻貓已經結紮過了，但這個人不知道，就把牠抓去當繁殖機器，強迫交配。所以妳可以想像牠本來就已經生病了，還在繁殖場那種惡劣的環境下被感染。」

「綠色……」

「什麼？」

那女人呢喃著，說著我聽不懂的話。

「眼睛……閃電……」

我跟後頭的男人互望了一眼，正當我們感覺情況不對勁的時候，那女人忽然把手伸進她的風衣裡，當她的手伸出來時，我跟那男人都震住了。我們完全來不及反應。

「華生……」

「喂！」那男人叫著衝過來。

——砰——

槍火瞬間爆發，我閉著眼退開，然後是一陣耳鳴。槍聲迴盪整座地下室，當我睜開眼時，一旁的男人也正用手臂擋著臉。我的耳裡還震盪著，像一架轟炸機剛飛過。

槍摔落在地上。那女人雙手摀著臉，跪在鐵牢邊哭號。

當我們反應過來，震耳欲聾的警笛聲取代了耳鳴，從上頭傳了下來。同時大聲公喊著，告訴我們現場已經被包圍了，放下武器不要抵抗。

「幹……」

灰髮的男人往前蹲向那個女人，可是她仍失控地哭著，沒有因為警笛聲而恢復理智。然後男人站起身來，衝向樓梯口把門鎖上。當他再度回到我們身邊的時候，門板後方的叩門聲開始敲個不停。

「警察！開門！警察——」

「人死了。」男人蹲在鐵牢前。

我看著那女人抽泣，縮著身發抖。牢籠裡，紅色血泊慢慢溢到走道上。

她會被關。她會和我一樣，為此付出代價，為著仇恨淹沒了愛。不知道為什麼，這一刻我突然想起了那天傍晚。

我好久沒想起那天了。那天，是我獸醫生涯裡第一次在自己的手術台上面臨失去。那天我失敗了。傍晚我走在黎明新村的暮色裡，懷疑自己是不是可以繼續下去，我知道必須要可以，因為大家都可以，只是那種感覺好痛。真的好痛。

但那時，牠就跟在我的身旁。

「嘿……大橘……」我蹲下來輕輕地撫著牠，然後牠瞇起眼睛。

「我不夠好……還不夠……」

牠睜開眼，與我相互凝視，然後蹭進我的懷裡。

「警察！最後一次！」

最後一次，就一次，我想把牠抱進懷裡。在那夕陽裡，永遠，永遠，永永遠遠。

「她戴著手套。」我說。

「什麼？」

「退後。」

男人疑惑地看著我，我撿起地上那把手槍，蹲上前去扶起那女人。

「喂！你要幹嘛！」

男人喊道，想跑過來阻止我，我將那女人擋在我身前，用手臂勒住她的頸子，接著把槍頭抵著那女人的太陽穴。

「喂！」

「退後！」我喊道。

男人退了開來，我們對了一眼，他似乎明白了。

碰——警察破門而入，一群人奔過來，各個慌亂地抽出腰間的槍。帶頭的刑警走上前一步，舉槍指著我。

「放開她！」

「川仔！冷靜點！」

「退後！」我喊著，那男人站在對面，攔著帶頭的刑警。

「退後！全部退後！不然我再殺一個！」

我把身前的女人勒得更緊，用手肘的彎曲留給她呼吸的空間。確定每個人都看著我後，我抓準時機，朝地上的屍體開了兩槍。槍聲震盪全場，那排警察瞬間全退了開來。我的手臂淌著她的眼淚。

砰——帶頭的對空鳴槍。

「放開她！」

「阿川！」

現場躁動地一片混亂。

「我……是我……」她的雙唇發顫，嘴裡咬著含糊的字句。

「不是妳。妳還有機會。」我湊近她的耳邊，「走對的路。」

餘光裡她哭著顫動，然後我把槍口拿開她的腦門。

「我相信妳。」

人的一生，無時無刻都在選擇。選擇你相信的事。

31

周奕璇顫抖地抓著那勒住她的手臂，眼前的李權哲、阿川，還有一群警察都在她的淚水中模糊不清，然後她想放棄了。她閉起眼睛。

——砰——

轟然巨響在她的耳邊炸開，爆震的高頻壓進耳膜，眼皮下的黑暗瞬間變成一片空白。然後她感覺脖子上的那隻手臂慢慢鬆開了，她隨著那個人往後倒了下去。她躺在地上，感覺有什麼浸溼了她的頭髮，她勉強伸出手，然後看見模糊的掌心染紅，眼角貼著地面，地上的血漸漸匯流成河。

「周檢！」

阿川和李權哲衝上前，杜克明倒在地上，腦袋已經被轟爛。周奕璇失去意識，但胸口仍起伏著。

「救護車！還看屁啊！他媽的快叫救護車！」

阿川對著後面的警察大吼，手機收不到訊號，幾個隊員轉身衝了上去，上頭的隊員聽到聲響衝了下來，兩群人交錯阻擋像殺蟲劑來襲的螞蟻窩，混亂。

「這裡太難找了。」

李權哲把周奕璇抱起來，擠過人群與一間間的牢房直奔樓梯口，他用力踩著每一階，力不從心，感覺腰椎快斷了。

「哲哥！我來！」

是愛打手遊的菜鳥。他從李權哲手中接過周奕璇，然後用那年輕爆發的體能迅速消失在黑暗中。等到李權哲爬上樓時，他氣喘吁吁地跑到前院，遠遠看見鐵柵欄外周奕璇已經躺上警車後座，菜鳥摔門上車，與另一名警察打開警笛閃電駛離。

一排警車停在鐵柵欄前，霧靄中閃爍著紅藍光束，對講機的雜訊與人群聲交雜不清，有個隊員喊找到遙控器了，鐵柵欄開始緩緩移動。警車一輛輛迅速駛進園區，塵沙飛揚，然後他們又發現園區裡有很多狗，於是又再把鐵柵欄匆匆關了起來，幾個人急忙拿出手機上網搜尋動保處的電話。迷亂中不知又過了多久，幾輛剛到的警車停在柵欄外，柵欄又移動出一個小口，一群增派的鑑識人員陸續下車，一路縱隊朝著園區後院火速奔去，準備進到地下室裡搜證。

再來四五輛救護車到了，幾個被關在地下室的人陸續被擔架抬出園區，救護車載滿後，醫護人員用無線電喊著車子不夠，需要派更多輛過來，但另一頭的烏山醫院也喊著救護車不夠，需要其他醫院支援。動保處的稽查隊到了，幾個青年開始在園區內四處徘徊，確認每一隻動物是否都健康平安。負責王京城董事長案的男檢察官到了，用襯衫擦著眼鏡一副還沒睡醒的樣子碎步跑進園區，隨他而來的是大批的媒體車被警力擋在柵欄外，閃光燈閃爍不停。

李權哲躲到水泥圍牆的一角，深呼吸，試圖讓自己與這場紛亂隔絕。一名醫護人員著急地跑過來，問他是否需要幫忙，他才低下頭來看見自己渾身是血，不過是樓下那個男人的，李權哲剛剛抱起周奕璇沾到的。

他揮手表示不用，醫護人員走了。李權哲從夾克裡抽出一支菸，叼上嘴，緩緩舉起打火機。

找到我。

他的手停在半空中。

他以為已經找到了。一切結束了。剛才地下室裡的那個人，就是他要找的答案。現在他也可以跟他一樣，離開這場疲憊輪迴的夢。

你……找到我……

這次，這個聲音不再低沉模糊了，那嗓音好熟悉，好像那個在他心底沉睡好久好久的聲音。他拿下嘴上的菸，回頭望去，接著一步一步蹣跚走著，穿過園區的草地，循著那聲音前行。

你找到我。

他進到中央那棟建築裡，然後緩緩走向大廳。

黎明來了。

玻璃外白霧消散，冬陽的光塵灑進廳裡，窩在一角的小貓們紛紛探頭探腦。最後李權哲停下腳步，站在落地窗旁的那面牆前，他看著牆面上貼著繽紛的便條紙，還有充滿許多人和貓狗的相片。

他伸出手，輕輕碰了那一張。

他輕撫著李靜的臉。

「爸比，牠們為什麼沒有家？」

「牠們沒有家，叫流浪動物。」

「我想養牠們。」

李權哲的肩上載著李靜，他們離開電線桿下的流浪貓，緩緩漫步在溫暖的日落街道。走著走著，他發現肩上的小靜不見了，忽然他置身在一片草皮，身旁站著他太太。

「我們想收養她。」

李權哲和太太站在那塊前院草地，他們和社工一起透著窗，望著那個女孩。那女孩坐在室內的一角，靜靜塗著地上的畫紙。

「小靜也很喜歡你們喔！這幾個禮拜嘴巴上都掛著木子李，說你們說過的話。你們來的時候她都特別安靜，但其實她私底下……噓——」社工回頭望了一下，那女孩撇開原本朝著這裡的注視，又低下頭去。

「她好聰明。」社工笑著看她，「今天下午我們會有戶外活動，會玩遊戲。你們可以留下來一起，也趁這個機會跟她聊聊！」

那天下午他們玩的是躲貓貓。傍晚，遊戲快結束了，最後是李權哲夫妻負責當鬼。

「找到妳了！」

他們夫妻倆在一張公園椅下找到小女孩，然後他們和她在餘暉裡彼此對視，女孩的眼睛眨著。此刻，他們似乎都能感覺到那股溫熱，一股還不確定，卻又似乎可以深信不疑。

「小靜。」李權哲的太太開口。

「妳願意成為我們的家人嗎？」

小女孩的眼睛，閃爍著悸動與一點不安。然後她笑了。

「謝謝。」

她沒說願意，而是說了謝謝。然後他們三個相擁在一起。

李權哲撫著牆上的相片，晨光漫在李靜的臉上，那張相片旁貼了一張便條紙，是李靜的字跡，寫給那些願意收養流浪動物的人們。

他輕輕撫平那張字條。

謝謝你找到我，讓我有一個家。

那熟悉的口吻如風鼓動李權哲的心，然後那顆心碎了。

眼淚劃下他的臉龐，他閉上雙眼，抽顫，然後緩緩地將前額抵上那張便條紙。黎明的光暈穿過他垂空的髮梢，隨著淚滴流到嘴角皺紋，他淺淺笑了。

32

接下來是地方新聞。

海邦集團董事長王京城去年年初時從動保拘禁案獲救後，住院期間傳出疑似精神狀況不穩，也讓原本預計去年七月啟動的台中海洋館隨之全面停擺。

我們可以看到畫面上——去年的動保拘禁案讓海洋館的表演秀再次引起國人注意，直至今日已經有一萬五千個民眾聯署，大量民眾與動保團聚集在台中海洋館的門口抗議，要求禁止圈養、停止海豚海獅表演秀。

如今時隔一年半，今早，海邦集團的副董事長林國煥不畏動保團與民眾抗議，堅持他們是合法經營，有專業的獸醫與專家團隊全力維護海豚海獅的身心健康。林國煥副董事長更宣布，他們將會在這個月底開始執行試營運，準備迎接下個月到來的暑假熱潮。

目前全球共有十八個國家已經達到零圈養的目標，過半數都是歐洲國家。就在去年，加拿大也通過「威鯨闖天關法案」，成為世界上第十一個禁止海豚表演的國家。

台灣動保團領導人陳幸慧表示：「只要圈養存在的一天，年輕的世代就會不斷相信：『剝奪生命的自由，是人類唯一可以認識大自然的方式』無論他們宣稱人造的環境是多麼友善，事實就是數以千計的海豚每年在世界各地的海洋館裡不正常死去。」

對此，海邦——

李權哲關掉電視。

他打開水龍頭洗了午餐的便當盒，也順便沖了把臉。鏡子裡，他發現鬍子又長了，便打開熱水燙了燙刮鬍刀。

上次那個年輕設計師幫他換了新髮型，說是今年最流行的油頭，配上他的灰白髮可以呈現出時尚的熟男風，但李權哲總覺得不適合自己。而且再熟的話，他差不多就要進棺材了。

但也沒辦法，他最近常常會有客人，他不能用以前那種樣子去迎接他們。

他推開辦公室的門，幾個大學生志工笑鬧著打掃室內，他看向外頭，戶外的桌椅與遮陽帳也都已經布置好了。小貓們躺在落地窗旁，享受著午後暖烘烘的太陽。李權哲感覺到腳邊有個毛茸茸的什麼正在撞著他。

「幹嘛？三腳斑，你也要幫忙布置嗎？」李權哲把小斑抱起來，「你最近是不是又胖了？」他把牠放到牆前的食物盆，小斑喀拉喀拉地吃著飼料。

李權哲凝視著牆上的那張相片一會兒，然後他便轉身走出戶外。

陽光閃耀，他瞇著眼走在草地上。梅雨季告一段落了，烏山的南風陣陣吹拂，把他的皮膚烘得乾乾的，他走向蓄水池，狗群圍繞著他叫。

「髒鬼們，客人看到你們就想跑了。」

他拉起水管，水柱噴向空中，晶瑩剔透的水珠灑在豔陽裡，牠們在草地上打滾著。而後他個別洗了那隻架著拐杖的魔鬼終結狗，還有其他不愛玩水的米克斯，直到園區的電鈴響了起來。

鐵柵欄緩緩開起，一輛小巴士駛進了園區。一群國小生和幾個老師下了車，由大學生接待進到室內先用午餐，介紹今天的活動內容。

「小孩都是自願報名的喔！」

一名輔導老師和李權哲躲在園區角落，偷偷抽著菸。

「年紀小就可以這樣接觸滿好。雖然他們的家長們有點擔心，有幾個還一起跟來了。」

「我只怕那群熊小孩宰了我們家的狗，牠們的危險就是太親人了。隨便誰來都可以跟著走。」

「哈。那群大學生也好，整個園區就你看起來最不搭。」

他們笑著，李權哲按熄了菸，抬頭望向天空。他的確還沒習慣這裡，但他感覺自己不討厭，而且好像也需要。對他來說這裡像是一份禮物，秘密地來自遙遠的彼岸，溫柔靜靜的。

傍晚，太陽在山邊低垂，整個園區被灑成橘紅色。大學生們拆著遮陽帳，小學生們幫忙搬著課桌椅，李權哲在前院搖著掃把，邊與幾位老師家長聊天。

忽然，他餘光瞥見了一個遠遠的身影。

園區的鐵柵欄外，一輛黑色重機停在山路對面，騎士坐在上頭，全罩式的安全帽沒有打開，靜靜地望著這裡。李權哲挺起身，朝那騎士望了回去。

李權哲與那看不穿的銀色安全帽蓋對望著，然後他嘴角微微揚起，輕輕地對那騎士點了個頭。騎士沒有回應。

「園長伯伯！」

一個小女孩跑到李權哲的腳邊，旁邊跟著那隻拄拐杖的魔鬼終結狗。李權哲低下頭。

「牠可以跟我回家嗎？」

小女孩抬頭問，大家都笑了，然後李權哲蹲了下來，輕輕按著小女孩的肩。

「等妳長大。等妳可以保護牠的時候，再來問牠一次。問牠願不願意成為妳的家人。」

過一會兒，李權哲站起身，當他再度回首，那山路邊的重機騎士已經消失了。

歡迎回來晚間新聞。今日稍早，台中檢警再度破獲一處非法品種貓狗繁殖場。去年以來，已經有數十間非法繁殖場被查封，本次非法繁殖業主除了違反動物保護法外，檢調在繁殖場內發現許多犬貓有頭顱出血的情形。甚至有些籠內的狗隻已經死亡，行徑相當惡劣，全案將進入訴訟程序。

今年初，法官判出台灣史上第一個動保案中不允許易科罰金的徒刑，該名作案人目前已經真正地在監獄中渡過第六個月的刑期。

從去年以來，連續偵破了十幾起非法繁殖案的周檢察官目前拒絕本台的採訪。資料顯示，她就是當初原先負責動保拘禁案的檢察官，但似乎有不明原因的考量，該案的訴訟程序全案交由負責搜查王京城董事長的徐檢察官負責。

海洋館與動物保護的議題再次浮上檯面，成為今年台灣各區市長選戰的重要指標。觀光與保育之間、經濟與生命權之間，台灣民眾將再次用選票說出自己的選擇。

夜幕降臨，廣闊無際的黑影慢慢襲捲大地，一切陷入寂靜。高樓大廈紛紛點亮了燈。此刻，在這座城市的上空，浩瀚無垠的黑夜裡沒有星光。

一輛黑色重機呼嘯而過，它閃著耀眼的頭燈，在七十四號高架道路上風行電掣。從空中鳥瞰，它像流星般墜落，劃過整座星河城海。

引擎聲咆哮著，那個檢察官的背影逆風奔馳。

時速一百四十五，一百五十五，一百六……。

後記

幾年前，那時剛滿二十歲的我還是世新電影組的二年級生。每天的生活就跟一般的大學生差不多，能翹的課就盡量翹，有時候覺得課沒意義，寧可自己跑去景美的二輪電影院，一個人包場（因為沒觀眾）一百塊連看兩場電影；有時候不知道為了什麼而翹課，就會帶上安全帽，自己騎著雲豹150，從木柵沿著台一〇六線、瑞雙公路，再騎過不厭亭，到了九份、金瓜石，望著陰陽海抽菸（那時候還沒能戒得掉），以為能夠因此想出什麼好故事。

那是冬天，大概就是像每個這樣日子的某一晚，午夜時我一個人在景美夜市的四神湯店吃宵夜，還清楚記得那晚我點了一碗大份的油飯、貢丸湯，總共只六十塊。吃飽時，我眼巴巴地看著店門外下著大雨。

身為台中人，台中不常下雨，所以在台北念書的四年我以堅持不撐傘表達我的抗議（或是假裝自己還沒有被這座城市徹底改變），但也可能單純只是因為打檔摩托車不好帶傘，總之我就是個淋雨的人。

但那晚，雨勢大得我難得把外套披在頭上，小跑到停在暗巷裡的摩托車旁，但因為風更大了，四周變成了狂風暴雨，我又躲回一旁的騎樓底下，選擇讓尼古丁陪我消耗生命，打算等雨勢小點再騎車回家。每次想起這段記憶總是寶亨微涼的味道，即便我總記得那時我抽的是七星，這大概是這段記憶唯一有些模糊的部分。但不管是什麼味道，當下我看到的景象非常清晰，到多年後的現在仍然歷歷在目。

路邊的關門的中藥行外，綁著一個鐵籠，裏頭有兩隻灰白色的虎斑成貓，正淋著暴雨。

我把菸從我的嘴唇摘下，試著消化並理解這個景象。籠子鎖在店門旁的鐵窗，所以是有主人的；他把牠們養在門外，不知道下雨忘了提進去了嗎？不過怎麼會把貓養在門外的籠子裡呢？如果不願意與牠們共享生活空間那為何要養呢？我當下一定提出了更多的疑問與解釋，但沒有一個能幫助我接受眼前的情況。兩隻貓全身溼透，縮在籠子裡的一角。

我按了中藥行的門鈴，無人應答，只好先把外套披在籠子上，呆站了五分鐘。抬頭看了看四周，沒有看到任何監視器，就算有，這個天氣也會讓監視畫面很悲慘吧，我想：我可以戴上安全帽，找個東西把固定籠子的鐵絲剪了，帶走這兩隻貓。我會怎麼樣？會被抓嗎？

我可以把這兩隻貓先帶回租屋處，過幾天再運回台中，自己無法養的話再轉送給好人家收養。警察會有辦法（並想要）追蹤半夜消失的兩隻貓，一路追到外縣市，再追查到完全不相干的新主人嗎？但說到底，把貓關在門外的人會為了牠們報警嗎？

但最後我並沒這麼做。我只去了便利商店一趟，把買來的食物塞進籠裡，再把傘撐在那籠子上，淋著雨騎車回家了。

我想這大概就是這本小說的開始。

這段記憶在我心中埋藏了很久，幾年之間，我自己養了貓，身邊的友人經歷了陳皓揚虐殺流浪貓事件，然後我出社會了。二〇二〇年四月，我坐在電影公司的辦公桌前工作，忽然在新聞上看見了鯨豚保護聯盟 Dolphin project，公開在日本千葉縣倒閉的犬吠崎海洋公園水族館的水池內，海豚 Honey 孤獨到死亡的案件。

那一刻我才決定書寫一個故事，梳理這些遺憾，梳理我對這世界的遺憾。關於動物保護，關於台灣的繁殖工廠，關於流浪議題，還參了一點海洋動物，這樣的母題不會太大了嗎？不會說的太表面、太膚淺了嗎？答案是會。當然會。

原本還在考慮縮減一些母題範圍的我，直到開始了田野調查階段，我反而選擇不縮減母題。原因在於跟過往我寫的一些劇本相較起來，這樣的主題太痛苦了。架構時空、發揮創意、堆疊情感，這些關於寫作、故事創作的部分當然難，當然也痛苦；可是最痛苦的，莫過於每日不斷的吸收繁殖工廠的資訊、照片，以及流浪動物的景況。

每一天，我起床坐到電腦桌前，盯著那些照片、牠們的臉，都在重複提醒著我這個世界多麼不好，然後我再把自己代入這樣的故事裡。許多試讀者與我分享，在那些敘述繁殖工廠的段落會令他們會感到不適；然而現實上，台灣繁殖場的情況，遠比我在故事裡所描述的嚴重與糟糕許多。其實還不用說到繁殖場，我原先帶著網路所見的印象，政府新建而正推廣領養的收容所影片，以為收容所通常是乾淨、舒服的，後來我才知道那是有資源的少數。

完稿後，我在一次因緣際會下親自去到某公立收容所，在沒有資源支持的收容所裡，空間狹小陰暗，小籠子一堆一堆被疊地高高的，每一層都是三四隻幼貓裝成一籠。那種景象，如果非專業領域人士或工作需求，又或是有抱負熱情的人，一生只會願意看一次。

所以我在故事裡所描述的，遠不及我們的現實。

這樣的事、這樣的主題，我暫時不想再做一次。所以決定用了範圍比較大的母題，儘量把它說好。現在，距離我完稿已經過了快一年，我的想法依然。原諒我個人目前的能力與高度只有到這裡，如果能藉由精彩的故事喚起讀者對這類議題的注意，儘管不夠深入，那也夠了，對我個人而言。

回到小說本身，我深愛的懸疑與推理，希望讀者們都有享受其中的樂趣，讀得過癮，也真摯地謝謝你們讀完這本書；但我還有許多要致謝的，因為在完成這本小說的過程裡，我得到了許多我從來都不覺得我應得的幫助與鼓勵。

最後想要致謝。

謝謝琬斐，在這本書創作的期間細膩且重複地閱讀著字字句句，不斷提問與回饋，你的鼓勵與欣賞是我與本書能夠完成的動力。你深知這一切多麼難以言喻，沒有你就沒有《人獸》。

謝謝小楓在精神上的支持、陪伴與照顧，謝謝琬渝起初的定心丸，謝謝承廷、奕夫、師漢、君庭願意幫忙閱讀初稿並與我分享心得。謝謝珮瑜、仁宏、子歆、穎真、燕潔、品妤、謦如、韻嘉、力全、銪錀、衍婷，以及感謝我的父母，為我做的一切。

謝謝我的編輯雅筑，看出這本書的美好，分享許多專業的建議與重視我的想法，讓《人獸》能夠以最好的樣子出現在讀者面前。

也再次謝謝讀到這裡的你。

祝平安、快樂。

二〇二一年八月　吳震

高寶書版集團
gobooks.com.tw

TN 285
人獸

作　　者　吳　震
主　　編　楊雅筑
封面設計　謝捲子
內頁排版　賴姵均
企　　劃　鍾惠鈞

發 行 人　朱凱蕾
出　　版　英屬維京群島商高寶國際有限公司台灣分公司
　　　　　Global Group Holdings, Ltd.
地　　址　台北市內湖區洲子街88號3樓
網　　址　gobooks.com.tw
電　　話　(02) 27992788
電　　郵　readers@gobooks.com.tw（讀者服務部）
傳　　真　出版部　(02) 27990909　行銷部 (02) 27993088
郵政劃撥　19394552
戶　　名　英屬維京群島商高寶國際有限公司台灣分公司
發　　行　希代多媒體書版股份有限公司/Printed in Taiwan
初　　版　2021年 10 月

國家圖書館出版品預行編目(CIP)資料

人獸 / 吳震著. -- 初版. -- 臺北市 : 英屬維京群島商高寶國際有限公司臺灣分公司, 2021.10
　面；　公分. -- (文學新象 ; TN 285)

ISBN 978-986-506-241-5(平裝)

863.57　　110014880

GOBOOKS
& SITAK
GROUP ©